# EU TE SINTO

SUMA
de letras

IRENE CAO

# EU TE SINTO

*Tradução*
Aline Leal

SUMA de letras

EDITORA OBJETIVA LTDA.
Rua Cosme Velho, 103
Rio de Janeiro – RJ – CEP: 22241-090
Tel.: (21) 2199-7824 – Fax: (21) 2199-7825
www.objetiva.com.br

Título original
*Io ti sento*

Capa
Marcela Perroni sobre arte original de Francesca Leoneschi

Imagens de capa
Umberto Nicoletti

Revisão
Ana Kronemberger
Ana Grillo
Eduardo Rosal

Editoração eletrônica
Abreu's System Ltda.

PRISA EDIÇÕES

CIP-BRASIL. CATALOGAÇÃO NA PUBLICAÇÃO
SINDICATO NACIONAL DOS EDITORES DE LIVROS, RJ

D856c

Cao, Irene
Eu te sinto / Irene Cao; tradução Aline Leal. – 1. ed. – Rio de Janeiro: Objetiva, 2014.

Tradução de: *Io ti sento*
Sequência de: *Eu te vejo*
167p.　　ISBN 978-85-8105-173-4

1. Ficção italiana. 2. Romance. I. Leal, Aline. II. Título.

14-09221　　CDD: 853
CDU: 821.131.1-3

*Para minhas amigas*

# 1

Roça de leve minha testa com um beijo suave, enquanto percorre lentamente a curva do meu quadril com os dedos, perdendo-se debaixo da camisa. A dele. Abro os olhos e encontro aquele olhar verde-claro que no mesmo instante ilumina a minha manhã. Estico a mão até seu rosto, liso como o de um menino. No início, eu achava que ele se levantava de madrugada para se barbear às escondidas, depois entendi que sua pele é assim: ele tem uma barba tão macia e invisível que mesmo ao acordar parece já feita.

Estamos deitados de lado, um de frente para o outro, os pés se encostando. Nossos corpos têm o mesmo cheiro. Fizemos amor ontem à noite e é cada vez melhor, uma descoberta que tem o sabor irresistível do prazer. Agora sua mão me toca um pouco mais forte e me sacode devagar.

— Bibi, acorda... — Sua voz é um sopro.

Fecho os olhos para aproveitar mais alguns minutos de sono e, debaixo das pálpebras que tremem, imagino este dia, *todos* os dias, junto com ele.

Filippo.

— Já vou, só mais um minuto... — resmungo, virando-me para o outro lado.

Ele ainda me dá um beijo na nuca, levanta-se e encosta a porta, deixando-me sozinha no quarto para acabar de acordar. Ainda estou tonta, mas mesmo assim faço o enorme esforço de me apoiar à cabeceira da cama. Da janela vazam raios de sol que fazem carinho no meu rosto: são oito horas de uma linda manhã de maio, já está calor e lá fora a luz é quase ofuscante.

É um novo dia da minha nova vida.

Depois que viajei para Roma e apareci no canteiro de obras, há três meses, aconteceu o que eu não ousava nem sequer desejar: Filippo não apenas me perdoou, mas também me escutou, me entendeu e fez com que me sentisse amada ainda. Em seus braços tive a nítida sensação de ter voltado para casa, de ter reencontrado a mim mesma depois de ter perdido o rumo. Bastou nos olharmos nos olhos para sabermos que ainda queríamos ficar juntos. Então, fui embora de Veneza e me mudei para cá, para o apartamento romano dele, que a essa altura já virou nosso. É um loft acolhedor e luminoso, de frente para o laguinho artificial do bairro Eur. Foi ele quem o projetou. Adoro tudo neste ninho. E, além do mais, em cada canto há algo nosso, do nosso jeito de pensar, das nossas paixões: a estante de resina desenhada por Filippo, as luminárias de papel de arroz que pintei com ideogramas japoneses, os cartazes dos filmes favoritos. Adoro as janelas sem cortinas e até mesmo o elevador claustrofóbico do prédio, onde sempre tenho medo de ficar presa. Mas adoro principalmente que esta seja a nossa primeira casa juntos.

Escapo para o banheiro e arrumo os cabelos desgrenhados às pressas, recolhendo-os na nuca com um prendedor para tirá-los dos olhos. O corte estilo Chanel do meu último outono veneziano a essa altura é apenas uma lembrança, e agora a minha cabeleira castanha rebelde cai macia até abaixo dos ombros, embora eu sempre teime em amarrá-la em rabos de cavalo improvisados ou em penteados diferentes.

Coloco a calça do macacão e, batendo os chinelos no chão, vou até Filippo na cozinha.

— Bom dia, dorminhoca — ele me recebe, servindo um copo de suco de laranja. Já está pronto para sair, cheiroso e vestido com uma calça de algodão bege, camisa azul e gravata de estampa abstrata. A gravata é um sinal de que hoje ele vai para o escritório e não para o canteiro de obras, já aprendi. Tenho muita inveja de sua eficiência matinal: eu, comparada a ele, pareço uma tartaruga se arrastando pela casa.

— Bom dia — respondo, esfregando os olhos, com um bocejo que quase me desloca a mandíbula. Sento-me no banco alto e me apoio com os cotovelos na mesinha de cimento, enquanto o sono me domina de um jeito que acho que não posso resistir. Levanto o olhar em direção ao fogão, no qual dentro de uma panelinha já está fervendo a água para o meu chá. Filippo é assim, atencioso comigo desde a primeira manhã em que acordamos juntos. É um gesto pequeno, mas diz tudo sobre ele.

Apaga o fogo antes que a água transborde.

— Você coloca a droga? — pergunta.

Sorrio. Filippo afirma que sou viciada em chá verde e infusões, e talvez tenha razão: bebo litros e litros todos os dias e gosto de comprar variedades infinitas. Vou até a prateleira e pego um dos tantos potes cheios de folhas secas. Hoje estou com vontade de uma mistura indiana: chá verde aromatizado com rosa e baunilha.

— Quer? — arrisco.

Filippo balança a cabeça, bebericando seu café.

— Olhe que está bom, de verdade! — Estendo o recipiente de lata para que ele o cheire.

— Claro, como não... Agora você vai começar a traficar também? — pergunta, aproximando o nariz com cautela. — Tem cheiro de gato morto — sentencia, franzindo o nariz. Balanço a cabeça — é uma batalha perdida — e volto a me sentar no banco com a minha grande xícara fumegante, tomando cuidado para não queimar as mãos. Observo Filippo: o corpo esguio e musculoso, os cabelos loiros, levemente ondulados por uma fina camada de gel. Gosto cada vez mais dele, gosto de compartilhar nossos rituais, o universo conhecido dos nossos pequenos hábitos. Talvez todos os amores devessem ser assim, e quanto mais o tempo passa, mais me convenço de que nós dois poderíamos ficar juntos a vida toda, sem nos deixarmos desgastar pela rotina como acontece com alguns casais.

— Por que você está me olhando? — ele pergunta, erguendo uma sobrancelha.

— Estou te olhando porque você é lindo — respondo, bebericando meu chá.

— Que safada! — Aproxima-se e começa a beliscar meus quadris e a encher meu pescoço de pequenos beijos. Então se senta no banco perto do meu, liga o iPad e começa a folhear as páginas dos jornais que ele assina. Sua costumeira análise matinal das notícias.

— Não sei como você consegue ler nesse troço — observo, perplexa.

— É bem mais confortável que os jornais, que são volumosos e, além do mais, antiecológicos. — Roça levemente a tela com os dedos, como se estivesse tocando piano.

— Eu prefiro papel — afirmo, convencida.

— Porque você é antiga. — Filippo bebe o café de um gole só e um sorriso satisfeito desliza em seus lábios. — Até porque você é restauradora...

— Não aceito provocações — rebato, mostrando superioridade. Existe essa disputa sempre acalorada entre nós, sobre qual dos nossos trabalhos é mais útil e importante: eu conservo o passado; e ele, como arquiteto, projeta o futuro. Resumindo, cada profissão em polos opostos e, portanto, uma discussão da qual muito provavelmente nós nunca nos livraremos.

— O que vamos fazer hoje à noite? — pergunto, molhando um biscoito de arroz no chá.

— Não sei, amor... Nem sei a que horas vou terminar no escritório — responde, distraído, sem desviar os olhos do iPad.

— Esses arquitetos visionários que inventam o futuro, mas não conseguem enxergar além das sete da noite... — comento em voz baixa, mordendo o biscoito e segurando um sorrisinho sarcástico. Não aceito provocações, mas, se surge a oportunidade, não perco a chance de dar uma pequena alfinetada.

Finalmente Filippo levanta o olhar da tela. Bingo.

Desarrumo os cabelos dele, sabendo que esse gesto fará com que perca a cabeça. E, de fato, estica-se na minha direção, agarra meu braço e o prende atrás das minhas costas:

— Tudo bem, Bibi, foi você quem pediu. — Com a outra mão faz cócegas nas minhas costas e na nuca. Começo a rir e a me contorcer como uma cobra. Não resisto: logo peço arrego. Filippo me larga de repente e confere o relógio.

— Droga, está supertarde! — Em um instante desliga o iPad e o coloca de volta na capa como se fosse uma relíquia.

— Vou me trocar rapidinho — digo, me dando conta de que ainda estou de pijama. — Se você me esperar, saímos juntos...

— Não posso, Bibi — suspira, abrindo os braços. — Tenho que estar no escritório daqui a meia hora. Tenho uma reunião com um cliente. Ele marcou tão cedo, esse chato...

— Tudo bem — concordo, com a carinha triste e conformada que faço quando quero que ele fique com pena de mim. — Então vai... Mesmo eu sendo obrigada a fazer o caminho sozinha... — choramingo.

— Bem, a essa altura você já deve ter aprendido como funciona o metrô — debocha.

Bom, talvez Filippo esteja certo, digamos que eu não tenha o senso de orientação de um escoteiro — para falar a verdade tenho uma tendência extraordinária a me perder e a entrar nos meios de transporte errados — mas passar da dimensão quase provinciana de Veneza ao caos de Roma deve servir como uma boa desculpa, não?

— Bobo! — Faço uma careta e então o puxo para mim. — Bom dia — sussurro, aproximando meus lábios dos dele.

— Até de noite, Bibi. — O beijo dele deixa na minha boca um gosto delicioso de café misturado com pasta de dente.

O dia começou bem, e então me dirijo à estação do metrô com andar decidido, como se tivesse que desafiar um temível adversário. Mas vou conseguir, eu sei, embora o sol já alto esteja me dizendo claramente para desacelerar e aproveitar o passeio. O Eur é um bairro moderno. O verde alegre dos jardins que se funde com o asfalto das calçadas e o cimento dos prédios transmite uma tranquilidade racional, apesar do trânsito caótico. É tudo novo para mim, acostumada com uma paisagem urbana bem diferente — as pracinhas desertas, os *vaporetti* que passam quando querem, as pontes cheias de turistas — e ainda posso andar distraída todas as vezes que faço o trajeto da minha casa pro trabalho. Desço as escadas do metrô e com segurança entro no túnel na direção Rebibbia. Sempre tenho medo de errar: aqui embaixo tudo parece realmente tão confuso! Já calhou de eu me perder mais de uma vez, mas o erro mais grave foi ter ligado para Filippo e pedido ajuda: aquele único, desesperado, SOS me condenou a ser seu alvo de zombaria (acho) por toda a eternidade.

Sento-me no banco de ferro para esperar o trem. Observo as pessoas ao meu redor, tentando adivinhar aonde estão indo e qual é o trabalho delas. Era a brincadeira que eu e Gaia fazíamos, quando éramos crianças, para nos divertir no *vaporetto*, voltando da escola. Sabe-se lá o que Gaia deve estar aprontando agora. Eu a imagino andando rapidamente pelas ruas, em cima dos sapatos Jimmy Choo salto 12, usando um vestidinho, enquanto acompanha a enésima japonesa multimilionária numa extenuante sessão de compras matinal. Apesar de nos falarmos com frequência, sinto muita saudade de Gaia: seu sorriso sincero, sua animação, seus abraços impetuosos, até mesmo suas exigências em relação a moda e a estilo. Sua amizade talvez seja a única coisa de Veneza que me faz falta de verdade: de resto — sem contar meus pais, obviamente —, eu não via a hora de ir embora de lá. Quando penso que daqui a exatos cinco dias faço 30 anos, não consigo acreditar: vou apagar minha trigésima velinha em Roma e isso me deixa eufórica, justo eu, que nunca gostei de aniversários. Cheguei a um momento crucial da minha vida, sinto isso. Abandonar a zona de conforto das margens protegidas dos ventos é sempre um trauma para uma mulher, mas tenho certeza de que fiz a passagem definitiva para a idade adulta com os melhores objetivos: um novo amor, uma nova cidade, uma nova vida. Se a felicidade existir, não deve estar muito longe daqui.

Finalmente meu trem chega. É hora do rush, mas ainda há alguns lugares vazios. Entro na marra, dando cotoveladas no meio da multidão, e consigo me sentar em um banco entre uma senhora robusta e um adolescente espinhento. De pé, na minha frente, planta-se um rapaz com uma camisa fina. Está de costas e com seu corpo cobre toda a minha visão, tanto que não consigo nem ver o visor luminoso que mostra as estações. Antes de chegar ao Coliseu são pelo menos dez; eu me conformo em contá-las nos dedos, torcendo para não errar.

De repente me dou conta de que não consigo desgrudar os olhos das costas do rapaz. É como se eu estivesse atraída por algo familiar: essa camisa, esses ombros, esses cabelos escuros. Se não fosse tão jovem, poderia ser Leonardo. A lembrança dele me atravessa como um relâmpago e sinto que deslizo para dentro de uma sombra. Em volta tudo fica embaçado. Começam a se materializar na minha cabeça as recordações dos momentos que passamos juntos, imagens instantâneas em preto e branco que caem rapidamente em cima de mim, como insetos inoportunos; eu as expulso de imediato sacudindo a cabeça. — Pré-história — resmungo. A essa altura não importa mais me perguntar onde Leonardo está e se um final diferente teria sido possível para a gente. E não faz mais sentido relembrar com saudade as emoções que ele provocava em mim: o frio na barriga quando ia vê-lo, a sensação de descoberta e a excitação dos nossos encontros clandestinos. Tudo acabou, está perdido para sempre.

Talvez eu ainda não esteja pronta para olhar para trás e encarar toda essa história com total distanciamento. Mas pelo menos, agora, se acontece de pensar nele, não entro mais em crise, ficando paralisada com uma fisgada no coração e um nó no estômago, como acontecia há três meses. Eu me reergui e comecei do zero, como se me curasse de uma gripe forte. Aprendi a administrar aquelas emoções, a desconstruí-las pedaço por pedaço. A dor diminuiu com o tempo, como acontece sempre — embora logo depois de um trauma pareça impossível superá-la — e agora consigo ver Leonardo pelo que ele é: um amor que pertence à velha Elena, errado e que nunca voltará. Mas também me vejo como uma mulher mais sábia e segura. Ao lado de um homem melhor. Ao lado de Filippo.

Salto na estação do Coliseu e volto à superfície na via dei Fori Imperiali, onde pego o ônibus para o trabalho. Enquanto isso, vejo Roma passar diante dos meus olhos: sua beleza magnífica e negligenciada continua a me espantar e a me conquistar a cada dia. Camadas de arte e história que cresceram caoticamente umas sobre as outras; esta cidade parece uma senhora que decidiu vestir seu guarda-roupa inteiro de uma vez só, misturando épocas e estilos, indecisa sobre se esconder ou se mostrar.

O ônibus corre fazendo barulho no calçamento e penetra lentamente na rotatória da piazza Venezia, onde os carros circulam a qualquer hora do dia e da noite numa valsa infinita. Desço no largo Argentina e deixo a rua atrás do *corso* Vittorio Emanuele pelas estreitas travessas convergentes aos lados. O centro de Roma é um labirinto de ruelas sinuosas que nos deixam tontos, fazendo com que percamos o senso de direção, mas que, no fim, sempre desembocam numa praça arejada e espetacular, deixando-nos num estado de divertida perplexidade. Já aprendi a não ficar com medo. Embora continue a me perder e a fazer trajetos diferentes, no fim sei que em algum lugar, mais cedo ou mais tarde, surgirá a silhueta tranquilizadora do Panteão ou o perfil comprido da piazza Navona me indicando que estou no caminho certo.

Aqui estou eu na piazza San Luigi dei Francesi, meu destino, e somente dez minutos atrasada. Explicaram-me que, em Roma, um atraso de 15 minutos nos compromissos é normal, e até mesmo obrigatório: numa cidade como esta, labiríntica e engarrafada, ninguém espera a pontualidade, e chegar na hora precisa em alguns casos pode até ser interpretado como uma atitude certinha demais, um pouco mal-educada.

Passo ao lado de um grupinho de religiosos e, no meio deles, reconheço padre Sèrge, um dos sacerdotes que celebram missas em San Luigi.

— *Bonjour, mademoiselle Elenà* — ele me cumprimenta com um sorriso branquíssimo que se destaca sobre a pele escura.

San Luigi é a igreja da comunidade de língua francesa em Roma e o pároco é um francês de origem senegalesa. Retribuo fazendo um gesto com a cabeça e me dirijo com passos rápidos à entrada. Se não fosse pela imponente cruz sobre o telhado, a fachada indicaria mais um palácio neoclássico do que um local de culto, com suas colunas gregas e suas estátuas de pedra alojadas em elegantes nichos.

Empurro o portão de madeira e passo da luz do dia à penumbra do interior. Todas as manhãs, penso que é um privilégio incrível entrar neste templo da arte. Aqui estão guardadas três das pinturas mais famosas de Caravaggio: o *Martírio de São Mateus*, *São Mateus e o anjo* e a *Vocação de São Mateus*. Passei horas estudando-as nos manuais, mas nunca as tinha visto pessoalmente antes de vir trabalhar aqui, e agora me parece incrível passar diante delas todos os dias para chegar à capela que estou restaurando, que fica logo ali ao lado. Assim — apesar da umidade, da poeira e dos solventes nocivos para minha pele hipersensível, do macacão impermeável que cria um efeito estufa devastador, dos andaimes precários, do padre Sèrge que vem conferir as atividades a cada hora, e do vaivém contínuo de pessoas —, eu me sinto realmente sortuda por trabalhar aqui.

Consegui o emprego graças a uma gentil indicação de Borraccini, que, como diretora do Instituto de Restauro de Veneza, tem contatos influentes em quase todos os lugares na área cultural. Quando liguei e perguntei se tinha alguma dica sobre Roma, com dois telefonemas ela conseguiu me arrumar esse trabalho prestigioso sem se levantar da escrivaninha de seu escritório.

— Tenho algo ideal para você — anunciou, depois de menos de uma hora da minha ligação com um tom decidido e animador. — Trate de não me decepcionar, querida Elena. Coloquei você junto com Ceccarelli. Ela foi minha aluna há algum tempo e agora é uma das melhores restauradoras do mercado de Roma. Geralmente gosta de trabalhar sozinha, mas se você conseguir não ser mandada embora e, principalmente, não ser *esmagada* pelo seu temperamento difícil, vai aprender muito com ela — concluiu, em um tom quase intimidador.

Assim, graças à influência da professora mais temida de Veneza, aqui estou eu, no alto deste andaime instável, com esponjinhas, pincéis e borrachas abrasivas na mão, trabalhando na *Adoração dos Magos* de Giovanni Baglione, um pintor romano que viveu entre o fim dos anos 1500 e a primeira metade dos anos 1600. Embora tenha sido um dos maiores biógrafos de Caravaggio, acabou se tornando seu pior inimigo e até o arrastou ao tribunal. O habitual temperamento imprevisível do artista da Lombardia irritou os ânimos: Caravaggio, de fato, escreveu um pequeno livro de poesias satíricas para ridicularizar Baglione e acusá-lo de plágio. Este o denunciou por difamação, levando Caravaggio a passar um mês na prisão. Nessa igreja, séculos depois, os dois inimigos encontram-se um ao lado do outro, separados apenas por uma parede. E, se existir o Além, imagino que Caravaggio esteja saboreando uma bela vingança, levando em conta o número de visitantes que diariamente vêm admirar sua capela e dão apenas olhadas distraídas na capela do pobre Baglione.

— Vamos começar ou ficar o dia inteiro admirando? — É a voz de Ceccarelli, a melhor restauradora — e, como descobri logo, o pior temperamento — de Roma que me desperta dos meus devaneios, com o jeito apressado habitual e aquele marcante sotaque romano. Desde que a conheci, ainda não entendi se Borraccini quis me fazer um favor ou me jogar numa missão impossível...

Viro-me de repente e fico presa em seu olhar severo, semiescondido atrás daqueles bizarros óculos de grau com armação verde-cítrico. Paola é uma mulher de 40 anos alta e desconjuntada, tem cabelo louro com reflexos dourados, quase sempre amarrados em um rabo de cavalo ou recolhidos em um prendedor, que lhe dão um curioso ar de matrona romana. É rígida e antissocial, mas é realmente uma fera na nossa área. Conhece como poucos os segredos das cores, consegue intuir a alma mais profunda de um afresco e devolver a cada detalhe o máximo esplendor. Infelizmente tem uma consciência perfeita de seu talento e logo me chama atenção, se percebe que há algo de errado na mistura dos pós ou quando fico tempo demais num detalhe. Fala pouco, mas é direta e cortante, e sempre acaba provocando em mim uma espécie de temor respeitoso. Embora eu tenha a intuição de que Paola possa ser muito diferente do que quer parecer.

— Elena, que diabos você está fazendo? — Sua voz é como um choque repentino atrás de mim. Eu estava prestes a começar a colorir o manto da Virgem, mas me viro imediatamente com o pincel no ar, deparando-me com aqueles olhos cor de avelã me fulminando por trás das lentes, enquanto as bochechas desenham duas linhas duras em volta da boca fina. — Faça uma prova antes. Não tenho tanta certeza de que seja exatamente idêntico — continua, indicando com o queixo meu potinho de azul.

— Tudo bem... — respondo, conciliadora, embora eu já tenha feito mil provas. Traço uma pequena pincelada na roupa da Nossa Senhora. — Não acho que é muito diferente... — observo. A cor corresponde perfeitamente à original do afresco, na verdade.

Paola aproxima-se para conferir. Olha primeiro a amostra, depois me olha e, só após um instante que me parece infinito, seu rosto volta àquele de sempre: puto da vida com o mundo em geral e não só comigo.

— Lembre-se de anotar no registro as quantidades exatas dos pós — diz, voltando ao seu afresco, que fica na outra parede da capela, a *Anunciação,* de Charles Mellin.

— Está bem. Depois faço isso. — Eu queria responder que não preciso anotá-las todas as vezes, que sei de cor, mas fico quieta.

O que Paola chama de registro, e que guarda com cuidado religioso, é um caderno grande de capa dura e folhas brancas sem linhas: todas as manhãs, antes de começar a trabalhar, ela escreve no começo da página a data e logo abaixo anota — ou me obriga a anotar — todas as quantidades de pigmentos utilizados nas misturas. Eu achava que eu era um caso clínico em relação à meticulosidade e manias de perfeccionismo no trabalho, mas depois que encontrei Paola tive que mudar de ideia. Realmente não existe um limite para o pior. No início, seu rigor exagerado me assustava, depois me adaptei e, afinal — a essa altura tomada pela síndrome de Estocolmo,* admito —, aprendi a admirá-la.

Fora do trabalho, porém, não houve oportunidades para nos conhecermos melhor. Tentei ficar amiga dela, convidando-a para beber algo ou dar

---

* Estado psicológico em que uma pessoa, vítima de intimidação ou sequestro, cria laços afetivos com seu agressor. (N. T.)

uma volta no centro durante os intervalos, mas ela sempre recusou. Parece fazer questão de não se envolver muito e manter nossa relação na mais pura e fria formalidade profissional. Ainda assim — eu não saberia dizer bem por quê, já que a realidade mostraria exatamente o contrário —, estou convencida de que por trás daquela máscara de ferro se esconde um espírito sensível. Percebo isso pelo modo como segura o pincel entre os dedos e pela graça com a qual o faz deslizar sobre o afresco: acaricia os perfis e as sombras com a leveza de uma pluma.

Trabalhamos a manhã inteira uma de costas pra outra, cada uma virada para a própria pintura. Os únicos ruídos aqui dentro são os passos dos visitantes pelas naves e o tilintar das moedinhas na pequena máquina que acende as luzes sobre as obras de Caravaggio. Paro para descansar os olhos, pingar duas gotas de colírio e para conferir o celular. Há uma mensagem de Filippo:

Após atentas e profundas análises, o visionário projetista do futuro programou uma noite dedicada à bebida e ao cinema.

O filme do Tarantino está passando no Farnese. Nos vemos lá?

O escritório de Filippo fica na via Giulia, a poucos passos daqui. Vou até lá com frequência depois do trabalho, tomamos um drinque no Campo de' Fiori e depois pegamos a primeira sessão, assim ainda podemos voltar para casa de metrô. Agora que as noites estão mais quentes, nenhum dos dois quer se trancar em casa. Portanto, a proposta me agrada, como sempre.

OK. Até mais tarde. Beijo.

Guardo o telefone e mergulho no trabalho novamente.

— Quem dera se existisse um programa tipo Photoshop para nós também — penso em voz alta, enquanto dou uma sombreada no branco da roupa de Maria. — Imagina que paraíso...

Paola abre um sorriso.

— Não sei, sabe? No fim das contas eu sentiria falta da beleza do trabalho manual. — Então se aproxima da parte que estou tratando, examinando-a com atenção, centímetro por centímetro. — Eu sugiro que você limpe bem as manchinhas de resíduo também — indica um ponto na parede, com a mão envolvida na luva. — Senão, quando você colocar a cor, vai ficar misturado demais.

— Certo. — Sei perfeitamente o que devo fazer, mas ela não perde a chance de me lembrar. Então, tira as luvas e começa a arrumar as ferramentas.

— Você já está indo? — pergunto, arregalando os olhos. Paola sempre abandona o campo depois de mim.

— Sim. Não se lembra? — Balança a cabeça, soltando os cabelos da presilha. — Hoje de tarde não volto.

— Ah, é verdade. — Claro... Há alguns dias ela me dissera que tinha um compromisso. Não tenho a menor ideia do que seja e tomei cuidado para não perguntar. — Nos vemos amanhã, então.

— Até amanhã. — Despede-se com um aceno e se afasta com seus tênis.

À tarde não consigo produzir muito, um pouco porque às quatro horas o padre Sèrge celebra, diante de um numeroso grupo de fiéis, uma longuíssima missa em francês que me distrai, e um pouco porque a atenção começou a diminuir e os olhos têm cada vez mais dificuldade para focalizar os detalhes. Então, enquanto espero que sejam seis e meia pra ir encontrar Filippo, me perco observando as pessoas, preencho atentamente o registro, preparo os pigmentos que vou usar amanhã e arrumo todas as minhas ferramentas com mais calma do que seria necessário.

De vez em quando cruzo com o olhar de um rapaz que há alguns dias vem à igreja e se planta durante horas em frente aos quadros de Caravaggio, sem se preocupar com os turistas que passam diante dele.

Notei que traz um estranho álbum de desenho com a capa azul-metálico e o usa para tomar notas ou rascunhar algum esboço a lápis. Depois arranca as folhas e as coloca numa pastinha de papelão com elástico. Dou a ele no máximo 20 anos, mas talvez seja até mais jovem. Hoje está vestindo calça jeans cigarrete, metida no All Star xadrez e uma camiseta preta. No pulso usa dois braceletes de corda e um piercing ilumina sua sobrancelha esquerda. Não é muito alto, mas é bem esguio, tem o físico clássico de estudante meio nerd, os músculos dos braços apenas delineados, a pele pálida, o corpo levemente curvado para a frente.

Acabou de sorrir para mim. Um sorriso tímido e quase imperceptível que vale como um "oi" e significa "já podemos nos cumprimentar... nós nos conhecemos, afinal, nos encontramos no mesmo lugar por cinco dias seguidos". Gosto de seus olhos grandes e escuros — são vivos, intensos — e também de suas sobrancelhas grossas, como seus cabelos castanhos levemente ondulados. A boca grande e carnuda dá um ar exótico a seu rosto.

Talvez não seja um estudante, mas um pintor em início de carreira. Não são muitos os rapazes que vêm admirar essas obras-primas, mas ele é diferente:

estuda os quadros com uma dedicação especial, escreve apaixonadamente em suas folhas, ou lê, durante horas, manuais que sublinha como se quisesse memorizar cada linha.

São 18h15 e ele está indo embora. Eu também: hoje já me dediquei o suficiente, e, de todo modo, ficar mais seria inútil... Estou exausta. Tiro o macacão, ajeito o cabelo e vou andando pela nave até a saída. As solas das minhas sandálias de couro ressoam no piso de mármore e me dou conta de que devo tentar caminhar como uma pluma para diminuir o barulho.

De repente, passando ao lado dele, reparo que uma folha com anotações escorregou de sua pastinha. Eu a pego e, antes que o rapaz se afaste de mim, ando rápido para devolver, tocando seu ombro com dois dedos. Ele se vira, surpreso.

— Com licença, você deixou cair isto — digo, estendendo a folha.

— Obrigado. Não tinha percebido. — Ele fica vermelho. Parece um pouco constrangido. Coça a cabeça, depois pega a folha, dobra ao meio e coloca debaixo do elástico da pasta.

— Reparei que você tem vindo aqui nos últimos dias — continuo, enquanto saímos da igreja. — Você é estudante?

— Sou. Estou no primeiro ano da Academia de Belas Artes. — Está tenso, percebo pelo modo como mexe os olhos, sem parar. — Estou fazendo um estudo sobre o ciclo de São Mateus — especifica, limpando a garganta.

— Eu imaginava. — Dou um sorriso amigável, instintivamente simpatizo com ele.

— Já você é restauradora. — Ele me observa com admiração. Fico quase comovida. Então, estende a mão pra mim e acrescenta, com voz gentil: — Bom, prazer, meu nome é Martino.

— Elena. — Aperto sua mão quente.

— E seu sotaque? De onde você é?

— De Veneza.

— Claro... E imagino que tenha se mudado pra cá a trabalho.

— Não só por isso... — Sorrio. — Pra ficar com meu namorado também.

— Ah. — Concorda. Parece vagamente decepcionado.

Ficamos em silêncio por um instante, como se os dois procurassem algo para dizer.

— Então acho que vamos nos ver bastante nos próximos dias, Martino.

— Sim, acho que sim — responde ele, com os olhos brilhando.

— Tenho que ir, vou por ali — digo, indicando minha direção.

— E eu por lá — responde, como se tivesse se assustado de repente.

— Até logo, então.

— Até logo.

Dá dois passos para trás e se afasta, com o olhar baixo, o andar um pouco cambaleante de quem usa All Star. Fico olhando para ele e depois o vejo virar-se novamente, como se quisesse se assegurar de que eu de fato tinha ido embora. Sorrimos um para o outro, mas andando com a cabeça virada para trás ele dá uma trombada feia em uma pessoa passando. Ele se desculpa, sem graça, e volta a caminhar apressado de cabeça baixa, aflito.

Sua falta de jeito é delicada e desperta minha simpatia: nós, tímidos, nos damos bem imediatamente. Até logo, Martino. Acho que ganhei um novo amigo a partir de hoje.

# 2

Hoje Martino chegou cedo, com uma pequena bolsa de couro presa ao cinto da calça jeans. A cada dois minutos tira uma moedinha e ouço um ruído metálico caindo sobre outro metal, depois o clique de um refletor que se acende, e eis que São Mateus, como em um espetáculo de magia, sai da escuridão.

Martino estuda, examina, decompõe cada detalhe, depois se agacha nos degraus, abrindo caminho no meio dos turistas com dificuldade, e começa a escrever em suas folhas soltas. Passaram-se cinco dias desde que nos apresentamos oficialmente e a essa altura sua presença se tornou um hábito agradável e uma distração das contínuas pressões de Paola.

De vez em quando ele aparece na nossa capela e começamos a falar de técnicas de restauração e teorias da cor, enquanto minha colega fica em silêncio, cuidando da própria vida. Às vezes, porém, Martino me observa atentamente, como se eu fosse uma obra a ser estudada, mas isso não me aborrece porque ele o faz com os olhos inteligentes e curiosos de quem só deseja descobrir todos os segredos da arte. Ele tem algo de diferente dos caras da sua idade, que perambulam nas calçadas da via del Corso ou correm velozes pela cidade, arrogantes, em lambretas turbinadas. Martino é tímido, original no modo de se vestir, mas tem um jeito muito comportado.

— Vi que hoje você veio equipado — eu lhe digo, indicando a bolsa com um movimento da cabeça.

Ele sorri.

— Não entendo por que a luz tem que durar tão pouco...

— Pergunte ao padre Sèrge — comento com uma risada que deixa Paola nervosa imediatamente. Ignoro seus resmungos e começo a misturar os pigmentos vermelhos para a roupa da Virgem.

— Eu também quero uma luminária como a de vocês. — Martino aponta para a luz tipo olho de boi que ilumina a capela que está sendo restaurada como se fosse um cenário cinematográfico.

— Tenho certeza de que padre Sèrge não aprovaria. — Enquanto falo, uma imagem instantânea atravessa minha cabeça: o sorriso satisfeito do padre quando, antes de fechar a igreja, esvazia o cofrinho. Imagino que as telas de Caravaggio e seu esquema de iluminação representem uma boa fatia das receitas para San Luigi dei Francesi.

— Tudo bem, mas é um roubo! — protesta Martino, bufando. — Esta pesquisa está me custando uma fortuna... — diz, sacudindo a bolsinha quase vazia. — Tomara que pelo menos sirva pra alguma coisa. Bonfante, meu professor, nunca fica satisfeito com nada que escrevo!

— Eu também tive uma professora assim, nunca ficava satisfeita — confesso a ele, com ar experiente. — Gabriella Borraccini. Tinha fama de ser terrível... — Paola vira-se de um pulo para mim.

— O que foi? — pergunto, com medo de tê-la atrapalhado com nossas conversas.

— Nada... Pode me dar o pigmento vermelho, por favor? — pergunta ela, com uma gentileza incomum. Eu lhe passo. Estranho, parece quase perturbada, mas nem tenho tempo de me dar conta disso, porque ela vira para a parede imediatamente. Então continuo falando com Martino.

— Moral da história... Depois de meses em que todos os meus pedidos tinham sido sistematicamente ignorados, depois de ter passado horas na fila em frente à sua sala nos dias de atendimento, no fim do curso apresentei a ela uma monografia sobre Giorgione na qual eu tinha passado madrugadas inteiras, infinitas tardes de esboços das Galerias da Academia e enormes pesquisas nas bibliotecas mais distantes do Veneto. E, a partir daquele dia, a professora começou a me considerar uma aluna à altura de suas expectativas.

— Espero que aconteça isso comigo também! Bonfante é osso duro de roer... — Martino balança a cabeça. Depois me observa com curiosidade enquanto misturo os pigmentos com água. — Por que você usa essa jarra? — pergunta.

— Ela tem um filtro que retém as impurezas. — Levanto a tampa e lhe mostro. — O calcário é letal para a cor. É um truque que aprendi em Veneza.

— Vocês podem fazer um pouco de silêncio por aqui? — resmunga Paola, subitamente alterada. No fim das contas nosso falatório deve ter incomodado de verdade.

— Tem razão, desculpe... — Martino tenta acalmá-la.

Dou de ombros e pisco para ele, como se quisesse dizer “não dê bola, ela é assim mesmo”.

Paola continua resmungando.

— Vocês fazem mais confusão que os gansos do Campidoglio. — Nos momentos de raiva, então, seu sotaque romano aflora, prepotente.

— Talvez esteja na hora de um intervalo — arrisco, visto que já passa das onze e Paola ainda não fez uma pausa. — Vamos tomar um café? — pergunto, com um olhar cúmplice a Martino.

— Vão você e o garotinho — responde Paola, irredutível. — Tenho que acabar aqui — acrescenta, com voz aborrecida, sem desviar o olhar do afresco.

— Tudo bem, então eu vou. Volto daqui a pouco.

Tiro o macacão impermeável, pego a bolsa no escaninho atrás do altar e com Martino deslizo para fora da igreja na ponta dos pés.

— Nossa, sua colega é difícil mesmo...

Quando saímos, Martino, bufando, ajeita o cabelo que cai em seus olhos e me olha à espera de sugestões.

— Vamos ao Sant'Eustachio — proponho. É um bar a poucos passos de San Luigi, na praça de mesmo nome, que tem a fama de servir o melhor café de Roma.

O sol já está alto e o céu está tão limpo que parece pintado. O clima da capital nessa época é ideal: quente, mas não demais, com uma brisa leve que de vez em quando chega do mar.

Percorremos a via della Dogana Vecchia, mas, quando chegamos à praça, fico sem fôlego de repente. Por um momento tenho a sensação de sentir um perfume conhecido, *aquele* perfume, âmbar misturado com uma fragrância mais viva e penetrante: Leonardo. Paro no mesmo instante e olho ao redor com o coração batendo loucamente, mas entre as pessoas não vejo ninguém que possa vagamente se parecer com ele. Então uma modelo altíssima, apertada numa calça legging preta que não deixa muito espaço para a imaginação, passa ao meu lado, cobrindo com seu cheiro chamativo qualquer rastro dele.

— O que houve? Tudo bem? — A voz preocupada de Martino me traz de volta à realidade bruscamente. Eu quase tinha esquecido que ele estava ali.

— Tudo, tudo... Por quê? — Tento parecer distraída, fingir. Mas acho que não adianta nada, já que até um garoto percebe que há algo de errado.

— Você ficou pálida.

— Não, imagina... Só tive a impressão de ter visto alguém que eu conhecia, mas me enganei. — Esboço um sorriso, na tentativa de disfarçar minha agitação.

— Talvez seja Paola nos espionando — brinca Martino. Rio com ele, esforçando-me para desviar meus sentidos e cada fibra do meu corpo da lembrança de Leonardo.

Quando chegamos ao café, ocupamos a primeira mesinha vaga do lado de fora e fazemos nosso pedido ao garçom, um homem de cabelos grisalhos e bochechas vermelhas que parece que nasceu para esse trabalho. Eu peço um café, Martino um *chinotto.**

— Roma é linda na primavera — suspiro, olhando em volta.

— É, mas Veneza também deve ser, imagino — diz Martino. — Sabe que fui lá só uma vez, numa excursão no ensino médio? E naturalmente só me lembro dos grandes porres e de vomitar no hotel...

— Você tem que voltar lá de qualquer jeito, há tantas obras de arte que você iria ficar louco escolhendo o que ver... — Cruzo as pernas, ajeitando-me na poltroninha de ferro batido. — Aliás, se você estiver pensando em dar um pulo lá e precisar de alguma dica, pode me pedir. Sabe como é, eu a conheço muito bem...

— Quem sabe você poderia ser minha guia — ele arrisca, e seu olho cai sobre meu decote. Desvia logo o olhar... É realmente tímido, e tenho que admitir que sua inocência me conquista.

Sorrio, mais comovida que constrangida.

— Quem sabe... — Não aprofundo o assunto e ajeito minha camiseta com um gesto só aparentemente casual.

Nesse meio-tempo chega o garçom, que apoia a bandeja na mesa com elegância.

— Senhores, aqui estão seus pedidos — diz, com uma voz profunda de barítono e, depois de ter nos servido, fica parado, imóvel, na nossa frente, esperando ser pago.

Martino apressa-se a vasculhar na bolsinha, mas sou rápida e o detenho.

— Deixa. É por minha conta. — Dou uma nota de dez euros ao garçom. — Hoje é meu aniversário...** — acrescento, em voz baixa.

— É mesmo? — replica Martino, admirado. — Mas por que não me disse antes?

Depois que o garçom saiu, ele se levanta e me dá os parabéns, estalando dois tímidos beijos no meu rosto.

— Sei que não se deve perguntar a idade pra uma mulher, mas...

---

* Refrigerante de laranja amarga, muito popular na Itália. (N. E.)

** Na Itália é muito comum o aniversariante oferecer a comida e a bebida da comemoração. (N. E.)

— Trinta redondinhos — respondo, antes que ele termine a frase. Seu olhar perplexo é um verdadeiro elogio.

— Nossa, não parece!

— Obrigada. — Quando chegamos aos 30, é sempre bom ouvir isso.

— Dezesseis de maio... Você é de Touro.

— Isso. E você? — arrisco.

— Libra. Faço 20 anos no dia 3 de outubro.

Ele também parece mais novo, mas é um pensamento que guardo para mim, porque imagino que ele não iria gostar. Tomo o último gole de café e, com a colherzinha, mexo o resto do açúcar mascavo no fundo da xícara. Não consigo evitar: estou outra vez pensando no cheiro que senti há pouco. Voltou à minha cabeça de repente, como se tivesse impregnado minha memória.

— Olha ela aí de novo. — Martino me observa como se eu fosse um objeto de estudo misterioso.

— O quê? — pergunto, surpresa.

— Uma expressão estranha que você faz de vez em quando. Eu presto atenção em você, sabe? De repente você fica ausente, como se corresse atrás de um desejo distante, inalcançável. Aconteceu a mesma coisa agora há pouco também, quando você parou na rua. — Ele me examina, apertando os olhos. — Você parece triste, Elena. Parece dominada por uma dor secreta às vezes.

Suas palavras mexem comigo. Porque são verdadeiras. Percebo agora que no meu coração existe uma ferida ainda aberta: Leonardo. Embora eu custe a admitir, ela ainda não cicatrizou e provavelmente nunca vai fechar de todo.

— Nunca ninguém tinha me dito isso — observo, disfarçando minha agitação com um sorriso.

— É um elogio — rebate Martino, sorrindo, por sua vez. — Essa estranha melancolia torna você ainda mais bonita... — E fica vermelho. Como se estivesse constrangido pelas palavras que lhe escaparam.

— Bem, obrigada. Esse elogio é o primeiro presente que ganho hoje! — Corto logo o clima com uma risada, levantando-me. — Já está tarde. É melhor voltarmos, senão Paola vai me encher os ouvidos...

— Sim, vamos. — Martino não insiste e pega suas coisas às pressas. Por hoje ele foi ousado até demais.

Quando volto para casa no fim da tarde, descubro que Filippo já está lá me esperando, confortável no sofá, de olhos fechados, a cabeça sobre a almofada com a imagem em preto e branco de Manhattan. Já tirou o paletó e a gravata e os jogou na poltrona. Usa uma camisa com o colarinho desabotoado. Parece quase estar dormindo, então reparo que está balançando um pé descalço enquanto cantarola em voz baixa *Via con me*, de Paolo Conte, uma das nossas músicas preferidas. E, de fato, está usando fones de ouvido, que eu não tinha notado antes.

Fico olhando para ele por quase um minuto. Seu rosto doce é iluminado por uma luz fraca e me deixa inexplicavelmente calma. Talvez eu esteja feliz de verdade, pela primeira vez na minha vida. Feliz por pertencer a ele, a este lugar, feliz com o que me rodeia. Assim que me aproximo do sofá, Filippo abre os olhos de repente. Ele se espreguiça, sorri e diz:

— Feliz aniversário, Bibi!

— Obrigada, Fil! Mas você já tinha me dado parabéns hoje de manhã... — respondo em voz baixa, colocando a bolsa no tapete de bolinhas.

Filippo suspira e abre os braços.

— Vem cá e me dá um abraço!

Ele me puxa para si e eu me entrego ao seu corpo quente. Acaricia minha boca com um beijo suave, depois tira de baixo da almofada um envelope branco com o desenho de uma margarida.

— Isto é para você — sussurra, com um sorriso aberto que deixa os dentes perfeitos à mostra.

Abro o envelope e encontro um voucher para um fim de semana na Toscana.

— Uau, Fil, obrigada! Vamos viajar, então? — exclamo, abraçando-o num pulo. É realmente uma surpresa... Eu o beijo com paixão, já saboreando por antecipação a noite que vamos passar juntos, nós dois sozinhos, comendo besteiras e fazendo amor.

Mas meu presente de aniversário não termina aí. Filippo organizou em minha homenagem um jantar com alguns amigos num dos melhores restaurantes de Roma.

— Trinta são 30 — ressalta, entusiasmado. — E devem ser comemorados à altura... Era o mínimo que eu podia fazer!

— Cuidado... Será que você não está me mimando demais? — Para dizer a verdade, eu preferiria que passássemos a noite sozinhos, mas esse também é um lindo presente, e não tenho nenhuma intenção de acabar com seus planos. Pego a cabeça dele entre as mãos e cubro seu rosto de pequenos beijos. — Sou feliz, feliz. Porque tenho você.

— Eu também, Bibi. — Toca de leve meus cabelos com os dedos. — E, se eu puder dar a minha opinião, também estou feliz por você não ser mais vegetariana. Antes era sempre um problema levá-la a algum lugar...

Sorrio, pensando em todas as paranoias que Filippo teve que aturar durante os almoços e os jantares nos muitos anos de nossa amizade. E nesse ponto sei que fui muito chata e arrogante... Ainda bem que já me converti!

— Você é a primeira pessoa que vejo mudar de ideia sobre um assunto desses de uma hora para a outra — continua, enquanto nos levantamos do sofá. — Nunca entendi o que aconteceu com você, assim de repente.

— Nem eu. — Eu me safo com um sorriso, mas dentro de mim se insinua, invasivo e absoluto como sempre, o pensamento de Leonardo. Se eu não o tivesse encontrado, talvez hoje eu ainda fosse vegetariana. Se não o tivesse encontrado, eu ainda seria a velha Elena e meu mundo ainda seria em preto e branco, sem gosto, sem consistência, sem cheiro.

Antes de sair, reservo um pouco de tempo para falar com Gaia no Skype. Depois de termos brincado sobre os meus 30 anos — ela vai fazer 30 daqui a seis meses, portanto se sente autorizada a dar uma de garotinha — peço que me conte as novidades de Belotti, o ciclista. Ouvir suas histórias animadas e picantes me dá sempre um pouco de saudável euforia. E, além do mais, nós duas somos unha e carne: estou feliz se ela está feliz. Não quero que apronte besteiras por um cara que ainda não me convenceu completamente e que talvez nem a mereça.

— Então, vocês se viram ou não? — pergunto, morrendo de curiosidade.

— Sim. Uma vez — diz, enrolando um cacho loiro com o dedo indicador. Percebo que está usando um esmalte vermelho, o preferido de Belotti, como nunca deixa de dizer.

— E onde foi, se é que eu posso saber?

— Eu o encontrei em seu apartamento em Montecarlo, pouco antes do início do *Giro d'Italia*. Fizemos amor a noite toda. E no dia seguinte. — Seus olhos verdes estão brilhando de pura alegria. — Ele foi fantástico!

Quando Gaia faz certas caras, é inútil perguntar mais. Evidentemente Samuel Belotti, além de bonito, também deve ser um espetáculo na cama.

— E agora?

— Agora está fora do meu alcance — suspira. — Imagina se posso vê-lo durante o *Giro d'Italia*! Ele me proibiu de ir aonde ele fica. Diz que eu poderia comprometer os resultados de suas performances.

— Um pouco babaca...

— Tudo bem, isso é justificável, ordem do diretor da equipe! Até a metade de junho, portanto, terei de esquecê-lo. — Encolhe os ombros. — Mas olha que desde aquela noite nós nos falamos com muito mais frequência que antes.

— Isso é bom. — Talvez Belotti tenha intenções sérias, mas eu não poderia jurar. — E você nunca pensa em Brandolini? Se não quiser, não precisa responder.

— Às vezes. Eu até o encontrei em Rialto há alguns dias. — Ela acaricia a testa, como se aquele pensamento a colocasse em uma situação difícil. — Mas não volto atrás. Se eu tivesse ficado com ele, teria sido hipocrisia da minha parte.

Concordo, compreensiva.

— E com Filippo, como vão as coisas? — ela me pergunta logo, como se quisesse mudar de assunto.

— Bem. — Afirmo com um sorriso. — Tão bem que quase não acredito.

Eu devo parecer radiante, porque agora ela também sorri.

— *Eu* sempre disse que vocês foram feitos um para o outro. Vejo que está feliz, Elena. Você merece, de verdade.

Gaia é a única pessoa que sabe sobre Leonardo e ficou muito próxima de mim depois do meu rompimento com ele. Sei que para ela é um verdadeiro alívio me ver finalmente fora do túnel de dor e incerteza no qual eu tinha entrado.

— E quando você vem nos visitar?

— Logo, prometo.

— Estou esperando você. Mas não me iluda... — Dou uma olhada na tela para ver que horas são e percebo que já são oito e meia. Está tardíssimo: devo me apressar. — Tenho que desligar. Filippo organizou um jantar com alguns amigos para comemorar meu aniversário.

— E depois do jantar? Os dois vão continuar a comemorar sozinhos? — pergunta, com tom malicioso.

— Não sei... Mas espero que sim — digo, piscando o olho. — E agora, se você me der licença, vou arrumar do melhor jeito possível este meu velho e cansado corpo de trintona!

— Divirtam-se. E façam tudo o que eu faria... Até logo.

— Um beijo, Gaia.

— Tchau, Ele. Beijo!

Depois de encerrar a chamada de vídeo, vou me arrumar para a noite. Escolho um vestidinho preto de alças finas, sandálias azul-metálico — que, graças ao salto, me elevam acima do meu 1,75 metro — e uma echarpe de seda. Borrifo um pouco de Chloé no dorso das mãos, um pequeno truque que Gaia me ensinou no ensino médio. "Assim, como você gesticula muito, quando falar vai espalhar seu perfume no ar": suas palavras no corredor da escola ainda giram na minha cabeça.

Depois corro para o banheiro para escovar os dentes — estou atrasada, como sempre — e começo a operação de maquiagem, seguindo as instruções de Gaia: aplico nos lábios um batom rosa-pêssego com cuidado e dou batidas leves nele com um lencinho de papel, completando a obra com gloss transparente. Destaco o olhar escurecendo as pálpebras com uma sombra (será que estou exagerando?) e depois espalho uma camada de blush nas bochechas, na testa e no queixo. Um pouco de corretivo e estou pronta. Espero não estar parecendo uma espécie de palhaça... Mas assim que me vejo no espelho, sorrio e decido que estou bem bonitinha. Com a respeitável idade de 30 anos, talvez eu também tenha aprendido a me maquiar.

Volto ao quarto e vasculho no armário à procura da bolsa-carteira de couro azul-marinho, uma louca aquisição veneziana que esta noite estou com vontade de usar. Eu a encontro completamente amassada debaixo de uma pilha de *Architectural Digest*. Depois de ter soltado os cachorros em Filippo e sua bagunça e recuperado o formato da carteira com duas batidinhas, ponho dentro o iPhone, o brilho labial, o espelhinho, os Band-aids para bolhas (nunca esqueço quando saio de salto alto!) e um pacote dos meus palitinhos de alcaçuz (sempre os carrego comigo, são como um amuleto): mal consigo fechá-la.

Afivelo no pulso esquerdo a pulseira de brilhantes que Filippo me deu depois da nossa reconciliação, coloco as sandálias e vou para a sala. Ele está me esperando, de novo no sofá: calça de algodão azul-marinho e camisa branca enrolada até o cotovelo, o ar tranquilo de quem demorou pouco para se arrumar. Sorte a dele, que com um pouco de gel consegue ficar bonito como um deus grego.

Gosto de cara do restaurante escolhido por Filippo: tem uma atmosfera chique e original, sem ser frio como tantos lugares da moda. É decorado em estilo *liberty*: a produção de doces à vista, o balcão de ônix iluminado por trás que expõe centenas de garrafas de vinho, o salão de jantar com o teto arqueado, cadeiras e toalhas de mesa brancas decoradas com flores frescas. No segundo andar, abre-se um amplo terraço com uma vista maravilhosa para o Testaccio, e é aqui que vamos jantar.

À mesa estamos todos calmos e relaxados. A companhia é agradável, embora eu custe um pouco a me sentir totalmente à vontade. Conheço bem os colegas de Filippo, já os encontrei em outras ocasiões, mas no fundo, para mim, continuam sendo estranhos. Alessio é um homem bonito de 37 anos, um pouco robusto, casado com Flavia, uma loira bastante espalhafatosa que trabalha para um canal de televisão local. Já Giovanni é um cara magrelo e um pouco calvo, tem a idade de Filippo e namora Isabella, uma garota muito doce, recém-formada em medicina. Riccardo, o chefe, é um solteirão incurável, decidido a não abrir mão de seu status, apesar dos cabelos grisalhos e de já ter passado dos 40. Toda vez que o vejo está acompanhado de uma "amiga" diferente. Esta noite é a vez de uma ruiva silenciosa que provavelmente fez uma cirurgia plástica nas maçãs do rosto e tem um par de pernas lindas. Embora façam de tudo para serem gentis comigo — e de fato são simpáticos e interessantes —, às vezes tenho a impressão de que nunca poderei ser um deles, porque falta aquela afinidade quase química que só pode existir entre quem se conhece da vida toda e já passou por poucas e boas juntos. São estes os momentos em que sinto mais falta de Gaia.

Após um exame atento da carta de vinhos e do cardápio, escolhemos as entradas: bolinhos de arroz com queijo *caciocavallo** e açafrão e, depois, torrada com ovas de atum, limão, tomate e manjericão. Então Filippo pede o melhor champanhe. O garçom de paletó branco e gravata-borboleta de seda murmura seus parabéns pela ótima escolha. Alguns minutos mais tarde ele está novamente diante de nós com os pratos e uma garrafa de champanhe Piper-Heidsieck de boa safra.

Enquanto Alessio enche as taças, Filippo ajeita-se na cadeira e sua expressão se torna quase solene. Levanta o copo no ar, exclamando com voz decidida:

— À minha *namorada* — e todos brindam juntos.

Em um segundo fico vermelha como um pimentão, tenho que cobrir levemente o rosto com a mão. Não sei se quero matá-lo ou cobri-lo de beijos. É a primeira vez que o ouço pronunciar essa palavra. Apesar de vivermos juntos há um mês e meio e nossa relação ter sido oficial desde o primeiro dia, ouvi-lo dizer isso me impressiona.

Com um sorriso forçado, levanto minha taça e brindo também. Filippo me beija na boca e retribuo, embora morra de vergonha de certas demonstrações de carinho em público.

Finalmente começamos a comer, mas pouco depois do brinde começo a sentir uma inesperada melancolia. Deve ser porque os aniversários nos obrigam a acertar as contas com o tempo, ou porque me sinto um pouco desambientada, neste lugar, no meio de pessoas que conheço pouco, ou por causa do champanhe, que traz à tona os pensamentos tristes... De repente percebo em mim aquela estranha nostalgia que me bateu hoje de manhã, aquela que até Martino notou. Sinto-me distante, deslocada, como não me acontecia há tempos. Digo

---

* O queijo *caciocavallo* possui a mesma massa e sabor semelhante ao do queijo provolone. (N. E.)

a mim mesma — mas não consigo me enganar — que são os hormônios, a menstruação está chegando, mas no fundo sei que não pode ser apenas isso. Apesar dos sorrisos que distribuo para lá e para cá, estes 30 anos têm um gosto agridoce que nem mesmo o estupendo arroz *al pesto* de frutas cítricas, abacate e menta consegue tirar.

Quando, depois, chega a magnífica torta de pera e chocolate que Filippo encomendou para mim, sopro as velinhas sob os olhares alegres dos outros, cultivando um único, íntimo desejo: que esta noite acabe o mais rápido possível.

A torta é mandada de volta à cozinha para ser cortada e servida nos pratos de porcelana sofisticada, e, enquanto o garçom traz à mesa nossas fatias, noto algo estranho: no meu prato surge uma flor desenhada com sementes de romã.

— Olha que lindo, Bibi! — comenta Filippo, sentado ao meu lado. — Uma homenagem à aniversariante.

— É... Muito gentil. — Esforço-me para sorrir, mas sei que meu rosto está rachando em mil pedaços. Com a mão tremendo, faço um esforço para beber um gole de champanhe e sinto o coração explodir no peito, tomado por emoções contrastantes. Sementes de romã. Não pode ser casual, é um sinal, uma mensagem *dele*, eu sei... Ainda assim não consigo acreditar.

Tento expulsar Leonardo da minha mente, concentrando-me o máximo que posso em Alessio, que está discutindo animadamente sobre o projeto de recuperação de um parque abandonado, mas seus falatórios sobre ecodesign e construção civil sustentável não me ajudam em nada. Começo a perder o controle e decido que não posso esperar nem mais um segundo.

Preciso saber. Agora.

Deixo cair o garfo no prato e levanto-me de um pulo.

— Vou ao toalete um instante — explico, diante dos olhares interrogativos dos meus convidados.

Dirijo-me para dentro do restaurante, passo pela porta do banheiro e continuo decidida em direção à cozinha. Ando rapidamente e olho ao redor nervosa, segurando a carteira com as mãos suadas. Talvez seja uma loucura, uma invenção da minha cabeça. Se o que estou pensando for verdade, porém, estou cometendo um erro colossal: é como se eu estivesse vendo um daqueles filmes de terror sem graça em que a protagonista ouve um barulho inquietante no meio da madrugada e resolve abrir a porta para conferir, em vez de chamar logo a polícia. Mas o que mais eu poderia fazer? Estou fora de mim.

Com o rosto em brasa olho pelo visor da cozinha, sem conseguir ver muita coisa. Então, com um suspiro profundo, empurro as portas, que se abrem como as de um *saloon*. Corro o risco de ser atropelada por um garçom que está saindo bem naquele momento, carregando quatro pratos fumegantes, mas felizmente consigo me desviar e me afastar. A confusão é tão grande que me sinto tonta: um tumulto de vozes, vapores, cheiros, tim-tins. Um grupo de assistentes aglomera-se em volta do balcão central e dos fogões: um fatia, outro tira algo da panela, outro empana, outro assa, outro enfeita e tempera. Mas apenas uma pessoa dirige essa orquestra perfeitamente sincronizada.

— Estamos num atraso fodido com tudo! Mexam-se, vocês!

A voz dele é como um trovão.

Eu o vejo e sinto falta de ar. Leonardo. Usa um uniforme branco e uma faixa, branca também, enrolada na testa, como na primeira vez que o vi em ação, naquela festa em Veneza. Os olhos escuros, atentos e ligados, a barba de alguns dias por fazer, como de costume, e a testa salpicada de suor. Gira por entre seus funcionários, carismático e autoritário, mas, principalmente, temido. Percebo isso pelo jeito como dá as ordens e pelos olhares com os quais elas são acatadas, enquanto o encaro, mas ele não repara que estou aqui, na sua frente.

— A lagosta da mesa quatro está pronta há três minutos. O que vamos fazer, Ugo, servi-la fria? Mas de onde você veio, do festival da almôndega?

— Certo, chef. Já vou guarnecer o prato num segundo... Me desculpe, chef. Eu me distraí um instante — responde Ugo, enquanto gotas de suor escorrem em sua testa grande.

— Mas veja só, você se distraiu, não é? Não tem problema, no McDonald's estão sempre procurando rapazes competentes pra fritar as batatas... Rápido com esse carpaccio de atum, vamos!

— Sim, chef. Imediatamente, chef!

— E você, Alberto, tem molho demais nessa massa. Menos, menos!

Está exatamente como me lembrava dele, mas de algum modo ainda mais seguro de si e mais imponente. Os cabelos me parecem um pouco mais escuros, a mandíbula mais forte e os músculos mais tensos — mas tudo isso deve ser uma fantasia do momento. Uma espécie de alucinação.

Ele ainda não me viu e isso faz com que me sinta em segurança. Mas assim que seus olhos encontram os meus, minhas pernas ficam bambas e começam a tremer. Leonardo esboça um sorriso e vem ao meu encontro com passos largos. Eu permaneço imóvel, não tenho forças para fazer qualquer movimento. Inspiro, expiro, inspiro.

Estou chocada, transtornada, furiosa, nem eu sei o que sinto. Não consigo emitir uma palavra, um único som. Por um instante tenho vontade de agarrar um dos pratos e jogar em cima dele, como nas piores comédias italianas, e imediatamente depois quero ir embora. Antes que esse pensamento possa se traduzir em ação, porém, Leonardo para na minha frente e me segura com uma das mãos. Basta esse contato para o ambiente em volta deixar de existir. Eu tinha esquecido como suas mãos eram grandes. Como eram sempre quentes. Tento me soltar, mas não consigo.

— Oi — ele diz, simplesmente, com o habitual sorriso safado e os olhos que fazem aqueles estranhos jogos de luz. Suas pequenas rugas de expressão ainda estão lá, para me lembrarem do quanto ele é sexy, lindo de tirar o fôlego.

— Oi — resmungo, metade incrédula, metade puta da vida. Nós não nos vemos há três meses, durante os quais refleti e reconstruí minha vida pedacinho por pedacinho, e agora ele me recebe como se nada houvesse acontecido, com um "oi" tão desarmante que parece a única maneira possível de se dirigir a mim. Um arrepio repentino pelas costas me deixa toda tensa e me vejo fechando os punhos até quase me machucar.

— O que foi, você está... surpresa? — pergunta, examinando meu rosto.

— Claro que estou — respondo, levantando um pouco o queixo.

— Bem, eu também — diz ele, mais divertido que preocupado.

Vejo os cantos de sua boca se apertarem num sorrisinho satisfeito, e é nesse ponto que eu explodo:

— Que diabos você está fazendo aqui, pode-se saber?

— Eu poderia fazer a mesma pergunta pra você, já que esse é o meu restaurante — rebate, com ar inocente, abrindo os braços.

Eu o encaro sem palavras. Nunca passou pela minha cabeça que Leonardo pudesse ter um restaurante em Roma. E muito menos que eu fosse acabar lá justamente no dia do meu aniversário.

— Aqui é a minha base, quando não estou rodando pelo mundo, trabalhando. Mas talvez eu nunca tenha dito isso pra você...

Da minha boca sai um som desarticulado. Balanço a cabeça, tentando me acalmar. Mas é uma batalha perdida. Ele, por sua vez, me olha como se eu fosse um lindo e inesperado presente.

— Vi você entrar mais cedo. Sabe, às vezes gosto de olhar pela porta pra ver como vão as coisas no salão... — Ele me afasta, pegando-me pela cintura, abrindo espaço para um de seus assistentes. Sorri para mim. — Eu não podia deixá-la ir embora assim... Foi o destino que trouxe você aqui.

— Ah, é mesmo? E por qual motivo? Me explique. — Minha voz é dura, desdenhosa.

— Vai saber. — Dá de ombros, debochando. Estou prestes a perder aquele pouco autocontrole que penso ainda ter. — Talvez só para zombar da gente. Mas um destino irônico assim deveria ser atendido, não acha?

— Meu Deus! — Tenho vontade de gritar de raiva. — O que você vê de tão engraçado nisso? — berro, sem me controlar mais. — Você tem noção de como fiquei mal por sua causa? Tem uma vaga ideia dos dias devastadores que tive que passar para esquecer você, para me convencer de que você foi só um erro? E agora vem me falar de destino... Sabe de uma coisa, Leonardo? Vá à merda, você, o destino e este lugar, mas principalmente eu, que vim aqui!

Sou implacável. Minha explosão é algo que não conheço e não quero controlar, e não estou nem aí para os cozinheiros que levantam a cabeça, incrédulos, surpresos com meus gritos. Leonardo dá um passo para trás, como se estivesse transtornado, mas logo me agarra pelo braço, me arrasta para trás da pequena porta que se abre à nossa direita e me empurra para dentro de uma despensa escura e apertada.

— Acalme-se, Elena. Por favor. — Ele se inclina na minha direção, perto o suficiente para que eu possa sentir o cheiro de sua pele e o hálito de *brandy*. — Estamos dando um show na frente de todo mundo.

Eu o encaro com um olhar de fogo.

— Estou me lixando pra isso!

— Podemos baixar um instante o tom de voz e falar com calma?

— Não, Leonardo, eu não tenho nenhuma intenção de falar com você, não quero ouvir o que você tem pra me dizer e não tenho nada pra...

Mas antes que eu possa terminar a frase, Leonardo pousa a mão na minha boca e, sem aviso prévio, seus lábios estão sobre os meus. Ele me beija como se fosse a coisa mais natural do mundo.

Estou completamente desarmada, mas ainda encontro forças para me soltar de sua boca invasiva e lhe dar um sonoro tapa.

Leonardo sorri, alisando a bochecha com a mão.

— Senti sua falta — sussurra. — Você tem o gosto bom de sempre.

Olho para ele sem palavras. Sentiu minha falta?

— Agora eu estou com outro — digo ácida e decidida.

— Sinto muito, Elena — ele continua.

— Sente muito o quê? — pergunto. Pronto, esse é seu jeito superficial de liquidar a questão: ele sente muito e eu passei três meses chorando.

— Por como as coisas aconteceram entre nós. Por tudo — e pousa em mim um olhar firme, sincero. Então, um silêncio repentino. Estou desnorteada. Não esperava que ele ainda me causasse esse efeito. Sinto sua mão em cima da pulseira de Filippo. Estou com um enorme nó na garganta e minha voz sai como um sussurro.

— Bem. Suas desculpas são o melhor presente de aniversário que eu poderia desejar — concluo, e vou embora sem me virar.

Volto para a mesa, pálida e transtornada, com um segredo que obviamente não poderei contar a ninguém. Faço um esforço para fingir que não aconteceu nada e me mostro entusiasmada com o *sorbet* de limão e jasmim que acabou de ser servido. Filippo me pergunta se está tudo bem, já que demorei tanto no banheiro, e respondo com um sorriso forçado que sim, está tudo muito bem. É a primeira mentira do meu trigésimo ano de vida.

Enquanto volto para casa de táxi com Filippo, meus pensamentos não param. Que brincadeira diabólica o destino está fazendo comigo? Estava tudo tão bem... Eu achava que tinha começado uma nova vida, que tinha descoberto o que realmente era o amor: por que Leonardo teve que voltar a trazer o caos à minha organização atual? Eu o odeio por ter reaparecido daquele jeito absurdo. E odeio a mim mesma por ter cedido à tentação de querer saber.

Quando chegamos à tranquila alameda arborizada onde moramos, enquanto pego na bolsa as chaves de casa e entrego para Filippo, penso que assim que entrarmos vou acender algumas velas, abrir uma garrafa de um vinho especial e encontrar a trilha sonora certa para apagar da minha mente os últimos rastros do passado. Quero que o resto da noite seja somente meu e do homem que está abrindo a porta para mim agora. O homem que amo.

Enquanto abro uma garrafa de Masseto dell'Ornellaia, Filippo está descansando no sofá, com a camisa completamente desabotoada. Vou até ele com duas taças, apoiando-as na mesinha de centro. Sorrio para ele, sedutora, tiro as sandálias e deslizo sobre seus joelhos, olhando-o nos olhos. *È l'uomo per me...* A voz de Mina ressoa abafada pelas caixas do aparelho de som. Cantarolando em voz baixa, eu o beijo no rosto, depois no pescoço e enfim no peito.

Filippo sorri, fecha os olhos e sussurra:

— Humm, eu gosto disso...

— Disso também? — digo, lambendo sua orelha. Estou tentando desesperadamente afastar a lembrança de Leonardo da minha cabeça. Mas, como acontece sempre quando tentamos expulsar um pensamento, ele se torna cada vez mais insistente. Esforço-me ao máximo para esvaziar a mente. Beijo Filippo de novo, desta vez na boca, e aos poucos o rosto e os lábios de Leonardo desaparecem em uma nuvem de fumaça.

Filippo tira meu vestido com um gesto violento, decidido, enquanto arranco sua camisa e sua calça. Nós nos abraçamos com força, pele sobre pele. Pronuncio seu nome em voz alta. Finalmente Leonardo não está mais lá, evaporou.

— Oh, Elena — geme Filippo, apertando suas mãos nas minhas costas e seu sexo contra meu ventre. Ele me quer, eu o sinto através da cueca. É nesses momentos que me chama de "Elena", e não do apelido de sempre.

Abro os olhos e peço para Filippo me olhar.

Eu o olho intensamente e digo:

— Te amo.

— Eu também te amo — responde. Sua expressão é sincera, feliz.

Aperto os olhos fechados, sentindo que Filippo se excita cada vez mais com o contato. Vou para cima dele, me mexo e sussurro de novo seu nome. O nome do meu *namorado.* Filippo. Sei exatamente com quem estou neste exato momento. Quem amo. E tudo continua assim quando ele me leva para o nosso quarto, tira o edredom e me faz deslizar sobre os lençóis macios.

Estamos nus, agora. Esta cama é sagrada, penso, é nossa. Leonardo foi embora. Não está mais aqui. Nunca esteve e nunca estará. Que se dane, vá para o inferno!

Filippo está se mexendo dentro de mim e eu me sinto em casa, preenchida por sua pele, seu cheiro, seu amor. Por algo que nunca ninguém vai conseguir tirar de mim.

# 3

Vasculho no bolso do macacão procurando a caixa de palitinhos de alcaçuz, mas quando a abro percebo que está incrivelmente vazia. Droga. São apenas quatro horas da tarde: consegui acabar com uma caixa de Amarelli na metade do dia, e o resultado disso é que agora tenho o estômago revirado e a cabeça rodando por causa da pressão alta. Mas a culpa não é só do alcaçuz: são as sequelas da noite de ontem e da madrugada sem dormir. Ter visto Leonardo novamente foi um choque, mas no fundo era previsível. Na minha cabeça continuo repetindo que está tudo bem, que Filippo é o único homem da minha vida, mas não faz sentido mentir para mim mesma: pela terceira vez seguida — e para completa felicidade de Paola — errei a mistura dos pigmentos, colocando o branco no lugar do azul. Se eu ainda precisasse, aí está a prova definitiva: até a concentração se foi. Que diabos está acontecendo comigo? Minha cabeça não está aqui, está viajando em direção àquele lugar inatingível que é Leonardo. Tenho que me proteger, gostar de mim. Pensar em outra coisa.

Como se não bastasse, as duas mulheres e a freira carmelita que há meia hora rezam o rosário em voz alta bem em frente à capela estão contribuindo para que eu pife de vez. Sua cantilena em francês está martelando na minha cabeça. Elas poderiam pelo menos ter o bom senso de rezar mais baixo, mas talvez estejam tão envolvidas que esqueceram o mundo ao redor. Viro-me para olhá-las e balanço a cabeça, enquanto procuro a tonalidade certa para dar nova vida aos cachinhos de Jesus no colo da Virgem.

Hoje Martino não veio. Não posso nem conversar com ele para me distrair. Eu já passei a contar com sua presença todos os dias, e hoje que não o vejo enfiar toneladas de moedas na maquininha ou despejar rios de tinta em suas folhas voadoras me sinto um pouco sozinha. Sabe-se lá se ele voltará ou se decidiu se enclausurar em casa para estudar para a prova do temidíssimo Bonfante.

— Elena, mas que diabos você está fazendo? — Uma mão segura meu pulso e afasta rapidamente meu braço do recipiente, o errado. É Paola. Droga!

Eu estava molhando o pincel no solvente e não na água. — O que deu em você?! — grita. Sua voz é tão estridente e sua pegada tão violenta que por pouco não caio no chão de susto.

— Desculpe — murmuro com os olhos baixos, sentindo que fico vermelha da cabeça aos pés. — Hoje não estou com a cabeça muito boa.

— Eu percebi. Nunca a vi tão distraída — comenta. Sua voz, porém, parece menos cruel que de costume e deixa perceber uma pontinha de bondade. — Noite agitada ontem, não é? — Ela me olha como se tivesse assistido ao filme completo do meu aniversário.

— Fui dormir um pouco tarde realmente — admito, sem entrar em detalhes desagradáveis. — Talvez seja melhor eu ir tomar um ar.

— Vai, vai. E se cuida!

Ainda de macacão vou até a saída e, quando chego lá fora, dou alguns passos no pátio. Abro o zíper, tiro o casaco de *fleece* e amarro as mangas na cintura, ficando de camiseta. Inspiro e expiro profundamente, admirando os prédios que me rodeiam. O céu já tem cheiro de verão e o ar está fresco, mas nem assim consigo me acalmar. Pena que não fumo, este seria o momento perfeito para um cigarro. Estou tão nervosa e atordoada que até poderia começar agora. Sei que há uma tabacaria na esquina... Poderia dar um pulo lá e comprar um pacote de Vogue Lilas, as cigarrilhas que Gaia fuma. Mas a vontade passa na mesma hora, assim que avisto padre Sèrge, que chega trazendo uma grande caixa cheia de brochuras para a paróquia. Usa um terno cinza de linho. Não sei como consegue não sentir calor.

— *Elenà, ça va bien?* — Ele me sorri com os dentes branquíssimos, e sei que está se perguntando por que estou aqui fora em vez de estar lá dentro trabalhando.

— *Oui, tout va bien. Merci...* — É apenas uma tentativa, meu francês é tão fraco que logo abandono a ideia. — Estou fazendo um intervalo de cinco minutos — eu me justifico, deixando transparecer uma expressão sofrida, como se quisesse dizer "experimente você também ficar naquele andaime por três horas seguidas".

— Claro, de vez em quando é preciso parar — diz ele, e aproveita para me empurrar um folheto. — É o programa de junho, acabou de chegar — explica, com um sorriso orgulhoso.

— Obrigada. Vou ler. — Claro que estou mentindo, mas é o único modo de deixar padre Sèrge contente: ele parece se importar realmente com isso.

— Bem. Vou me preparar para a missa. — Despede-se de mim e entra na igreja com o passo de um atleta.

— Até logo. Nos vemos depois.

Embora seja um pouco intrometido — e ainda não tenha entendido que cortei relações com a fé há muito tempo — acho padre Sèrge simpático. Seu rosto está sempre alegre e ele tem aquele sotaque francês de africano que produz resultados melodiosos quando fala em italiano.

Estou decidindo se entro ou se fico aqui mais um pouco, quando meu iPhone começa a tocar. No visor, um número com o prefixo 340: não está na agenda, mas temo saber de quem é. Apagar foi inútil: eu sei de cor, e me lembraria dele mesmo depois de um porre daqueles, infelizmente. Por um longuíssimo segundo estou convencida de que não quero atender, mas essa certeza dura justamente apenas um segundo.

No quinto toque limpo a garganta e solto um fraco:

— Alô?

— Oi! — diz Leonardo. — Sou eu.

— Eu sei — rebato. Sem perceber, comecei a andar de um lado para o outro e a olhar em volta, nervosa.

— Como você está? — pergunta.

— Bem — respondo, apressada. Na verdade as coisas não vão nada bem. Mas quero acabar com a conversa o mais rápido possível.

— Está no trabalho?

— Estou... — Talvez eu devesse aproveitar rapidamente essa desculpa para desligar o telefone e voltar a respirar — meu coração parou de bater e não reparei? — mas Leonardo não perde tempo. Vai direto ao ponto, sem enrolação.

— Quer me encontrar hoje à noite? — pergunta.

— Hoje à noite...? — Hesito por um instante.

— Sim, hoje à noite — enfatiza. Como sempre, seu tom é firme, seguro.

Recapitulando: esse homem acha que pode cair de paraquedas na minha vida, fazer meu coração virar um mingau, ir embora e depois voltar após meses como se nada tivesse acontecido e perguntando se quero vê-lo. Hoje à noite. E talvez espere que eu dê pulos de alegria. "Bem, você está muito enganado" é meu orgulho me sugerindo a primeira resposta. Mas eis que se insinua nos meus pensamentos um desejo sorrateiro e dissimulado: no fundo, eu poderia encontrá-lo, só uma vez, só para falar um pouco e talvez conseguir aquele esclarecimento que nunca aconteceu sobre o fim da nossa relação. Não vejo nada de mau nisso...

— Não sei se posso. — Ganho mais alguns segundos de reflexão, enquanto orgulho e emoção ainda estão brigando.

— Elena: ou sim, ou não.

Acho que sim. Ou, pelo menos, mais sim do que não. Acho que estou forte o suficiente para enfrentar Leonardo com distanciamento e maturidade.

Talvez o destino o tenha colocado de novo em meu caminho para me dar a possibilidade de enterrar definitivamente essa história e me livrar para sempre do fantasma dele.

— Tudo bem — eu cedo, no fim. Emoção um, orgulho zero.

— Passo para pegá-la de moto. Onde você está?

De moto? Essa é realmente uma novidade para mim.

— Trabalho em San Luigi dei Francesi, mas é um pouco confuso chegar aqui de moto...

— Problema nenhum. Espere-me às oito no *corso* Vittorio. Em frente a Sant'Andrea della Valle.

É o típico comportamento autoritário dele, que não admite objeções, eu o reconheço. As lembranças de meses atrás ressurgem no tom de sua voz.

— Combinado — digo. E já estou arrependida.

Antes de voltar ao trabalho, telefono para Filippo e aviso que vou sair à noite. Invento uma desculpa, a primeira que me vem à cabeça, e, já que ainda não tenho um grupo de amigas aqui em Roma, Paola é minha única alternativa. Então, digo a ele que vou comer uma pizza com minha colega mal-humorada, que por uma noite resolveu tirar a máscara de pit bull e se abrir ao mundo. Filippo parece não se importar muito e diz para eu me divertir e fazer com que Paola se divirta também, "porque talvez ela esteja precisando".

Pronto, já sou uma mentirosa profissional...

— Claro! — respondo, rindo da gracinha dele, mas com uma risada falsa, quase histérica. Não gosto de mentir, espero não precisar mais disso. Não acontecia comigo há meses e a última vez também foi por causa de Leonardo. Bastou reencontrá-lo uma noite para sentir necessidade de fazer de novo. Este pensamento me provoca uma sensação muito desagradável. Mas desta vez, como todas as outras, no fundo, sinto não ter alternativa. Privar-me desse encontro não serviria para nada. Sei que continuaria a pensar nele mesmo assim e minha mente ficaria presa a um desejo frustrado. Quero apenas entender, nada mais. Ou, pelo menos, é isso que digo a mim mesma. E, então, vale a pena enfrentar o monstro.

Eu o estou esperando há alguns minutos no largo em frente à basílica de Sant'Andrea della Valle.

Ando nervosamente em volta da fonte e olho para trás, furtiva, como se fosse uma criminosa e de uma hora para outra alguém fosse chegar para me prender. Continuo me perguntando se fiz bem em aceitar esse convite, mas a resposta é sempre a mesma: não. Em um dos sonhos que tenho acordada vejo a mão de Filippo me pegando por um passador da calça jeans e me puxando para si como um gancho mecânico: "Não faça isso, Bibi! Vem comigo!"

O estrondo de uma moto me traz de volta à realidade. Na minha frente materializou-se um cavaleiro com o rosto coberto pelo capacete numa Ducati Monster, e é um festival de músculos, couro e metal.

Leonardo desliga o motor e levanta o visor, mostrando os olhos magnéticos: eles também parecem feitos de metal reluzente. É desgraçadamente bonito para ser um monstro. Sorri, me cumprimenta, e sem descer da moto me estende o capacete que colocou no braço. Eu não sei nada sobre motos, mas me lembro — graças a uma paquera de verão com um motoqueiro que falava demais — que quando elas têm a parte mecânica à vista são chamadas na gíria de "nuas" . Bem, eu também me sinto nua sob seu olhar envolvente, de repente pequena e indefesa. Coloco o capacete pesadíssimo, ele me ajuda a afivelá-lo debaixo do queixo, depois abre espaço para eu subir. Felizmente estou usando calça jeans e não saia: o macacão não permite muita feminilidade.

Apoio-me no pedal com um pé e, agarrando-me às costas de Leonardo, desenho um meio-círculo com a outra perna. Viva, estou no assento e não fiz um papelão! Essa moto pode até ser bonita, mas com certeza não se pode dizer que é confortável. Já fico com medo antes de partir e me aperto nele.

— Pronta?

— Aonde vamos? — pergunto.

— É uma surpresa.

Se me lembro bem, quando Leonardo fala assim tenho que me preocupar.

— Vá devagar, por favor — imploro, agarrando-me com as mãos a seus quadris. O contato com seu corpo causa certo efeito. É tão duro...

— Está com medo? — debocha, acariciando minha panturrilha para me tranquilizar.

— Um pouco — admito.

— Fique tranquila. Não vou correr.

Leonardo dá partida na ignição. O estrondo do motor me eletriza, fazendo-me vibrar levemente no assento, e o medo vira excitação num instante. Com o pneu cantando, passamos correndo pelo *corso* Vittorio.

O ar fresco da noite faz carinho no meu rosto, sinto-me livre. Aperto os joelhos em suas pernas para ficar mais firme. Meu coração quase sai pela boca, principalmente quando fazemos uma curva, mas ao mesmo tempo me sinto tranquila com ele dirigindo. Tem tamanha segurança em seus gestos que é impossível não confiar completamente. A Ducati acaricia o asfalto e corta o vento, atrevida, atravessa a Ponte Sisto saudando o rio Tibre com uma buzinada, e depois sobe em direção ao Gianicolo. Uma série de curvas largas e lá está o Fontanone delineando-se diante dos nossos olhos, com sua mágica imponência. Leonardo estaciona na clareira, sai da moto primeiro e me ajuda a descer, segurando-me pelos quadris.

Por um segundo me entrego ao encanto do cenário de tirar o fôlego e ao barulho da água que sai das bocas e cai tanque abaixo. Dá vontade de mergulhar. Não entendo por que as fontes de Roma exercem esse fascínio incrível em mim. Eu consigo escutá-las, parecem quase me sussurrar algo. Mas esta noite não quero saber o que o Fontanone do Gianicolo tem para me dizer.

— É lindo aqui em cima — digo, enquanto olho ao redor. Tiro o capacete e tento arrumar os cabelos, que imagino estarem esmagados na cabeça de um jeito vergonhoso.

— Você nunca tinha vindo aqui? — Leonardo prende meu capacete no seu e os arruma na moto.

— Não... Moro em Roma só há dois meses. — Tenho que expulsar imediatamente um pensamento incômodo: por que Filippo nunca me trouxe aqui?

— E você ainda não viu o melhor. — Sorri e me olha com aqueles olhos escuros e indecifráveis. — Quer andar um pouco até Belvedere?

— Tudo bem — respondo, apressando-me em desviar meu olhar do dele.

Continuamos a pé, seguindo o percurso dos muros. A subida é agradável a essa hora. O sol quase já se pôs, deixando o céu riscado de vermelho. Passeamos lentamente, a uma distância conveniente um do outro, e a cada metro meus olhos devoram novas paisagens de beleza desconcertante.

Ao chegarmos ao topo, ficamos de frente para o Belvedere de Monteverde por alguns minutos. O visual daqui é extraordinário. Tenho a sensação de abraçar Roma inteira com um piscar de olhos, não tenho palavras. Parece que a cidade está adormecendo, enquanto as luzes começam a se acender. Pela primeira vez desde que cheguei, olho Roma e acho que a entendo. Vista daqui de cima, a metrópole caótica e complicada que conheci tem um aspecto menos ameaçador e se estende brincalhona a meus pés.

— Nunca a tinha visto assim... — digo a Leonardo. — Obrigada por ter me trazido aqui.

Ele sorri e atravessa minha alma, sem pedir licença. Ninguém deveria ter permissão para sorrir desse jeito, neste lugar, com este pôr do sol.

Caminhamos mais um pouco e nos sentamos em um banco. As primeiras estrelas da noite se acenderam e a brisa do mar acaricia nossos rostos como uma onda quente e leve.

Velejamos em direção a portos seguros falando sobre nossos trabalhos. É o tipo de conversa que temos quando encontramos pela primeira vez alguém que gostaríamos de conhecer melhor ou um amigo que não vemos há tempos. Ficamos na superfície das coisas, um fluxo natural de perguntas e respostas interrompido apenas por breves silêncios.

— Você está feliz agora? — pergunta-me de repente. E logo acrescenta: — Seu namorado parece um cara legal.

Pelo jeito como ele fala, percebo que deve ter nos observado da cozinha.

— Sim, ele é — admito, e começo a lhe contar o que posso sobre Filippo e sobre nossa história.

Leonardo, por sua vez, me explica que mora em Roma há anos, que abriu o restaurante junto com um sócio e que na maior parte do tempo se dedica a ele. De vez em quando, porém, parte em "missão", quando encontra algum desafio profissional estimulante ou quando simplesmente precisa variar de ambiente. Justamente como aconteceu em Veneza.

— Você nunca tinha me contado isso... — comento. Que estranho, apesar de termos compartilhado toda a intimidade possível, nunca soube esses detalhes de sua vida.

— Porque você nunca me perguntou — observa ele, encolhendo os ombros.

— Você era tão reservado sobre tudo que chegou uma hora que desisti de fazer perguntas — admito.

— Talvez você tenha razão. A culpa é um pouco minha também. — Sorri de novo, mas com um sorriso amargo. — Sabe, pensei muito em você nesses meses. — Abaixa o olhar um instante, como se quisesse puxar uma lembrança. Então acaricia o queixo e continua: — Estive a ponto de ligar pra você mil vezes.

— E por que nunca fez isso? — As palavras saem da minha boca sem que eu queira, quase estridentes. Esperei inutilmente um telefonema dele e agora descubro que ele também tinha vontade de falar comigo.

— É que todas as vezes eu pensava no que poderia dizer a você e percebia que não seria muito diferente daquilo que já tínhamos falado meses antes. — Ele se apoia no encosto e fica em silêncio um momento. — Eu a decepcionaria de novo e não gostava dessa ideia.

— E então não me procuraria mais pro meu bem. É isso que você está dizendo? — Parece o roteiro de um filme melodramático ruim e uma raiva visceral cresce dentro de mim. Tento controlá-la porque a essa altura não faz mais sentido, mas infelizmente eu quero entender. Pelo menos isso. E ele sabe que me deve explicações.

— Não, Elena. Fiz isso pro *meu* bem.

Balanço a cabeça. Não estou entendendo mais nada.

— Eu queria esquecê-la, não queria ficar preso nessa história e não queria que você ficasse. Mais cedo ou mais tarde eu iria embora novamente e de todo modo nós teríamos que nos separar. Não podíamos continuar e o único jeito era romper bruscamente. — Suspira. — Tenho uma vida complicada, Elena. Sou como um nômade, sempre viajando, de uma cidade pra outra. E, apesar disso, continuo amarrado a responsabilidades das quais não posso e não quero me livrar... — Parece estar prestes a acrescentar mais alguma coisa, mas no fim abaixa o olhar e se cala.

— De quais responsabilidades você está falando? — pergunto, ansiosa para saber.

Seus olhos examinam o horizonte, avaliando se responde ou não. Então me encara com um sorriso desarmante.

— Vamos deixar pra lá. Qual é o sentido de falar disso agora?

— Pra mim teria sentido — insisto, decidida a não deixar que ele me coloque contra a parede. — Eu só me sujeitei às suas decisões... Talvez você me deva uma mísera explicação.

Tento usar um tom autoritário, mas com ele não funciona. Leonardo me olha levemente surpreso, depois acaricia minha bochecha, como se faz com uma criança manhosa.

— As explicações não melhoram as coisas, Elena. Pelo contrário, tornam tudo mais triste.

Meu rosto em sua mão grande e quente parece justamente o de uma criança. Perco-me nela. Esse homem não quer me dizer quem realmente é. Chega, não insisto, sei que seria inútil e, depois, não quero dar esse gosto a ele.

— Foi bom ver você de novo ontem à noite — diz, erguendo as sobrancelhas.

— Foi surreal, Leonardo. E me fez mal — observo. Acho que nunca me esquecerei desse aniversário.

— Mas você tem que aceitar isso, Elena. Porque por mais que façamos planos, por mais que nos iludamos de tomar as decisões, é apenas uma questão de destino. E não podemos fazer nada a respeito.

— Uma grande confusão — digo, deixando escapar um suspiro.

— Ou quem sabe uma grande sorte — rebate ele, pensativo.

Ficamos um pouco em silêncio, olhando o céu escurecer diante de nós. Vistos de fora, poderíamos parecer dois amigos que compartilharam momentos importantes e, embora tenham feito mal um ao outro, ainda têm vontade de conversar. Talvez esse seja o último ato da nossa história, essa ternura amarga é o que sobra da paixão absoluta de algum tempo atrás.

No entanto, uma chama dentro de mim ainda arde, escondida sob camadas de racionalidade e instinto de sobrevivência, e basta nos tocarmos de leve, meu ombro no dele, para fazer com que ela novamente se deflagre. Observo Leonardo, o perfil decidido, o olhar indecifrável, a mandíbula cerrada. Ele parece uma estátua sem emoções, e eu daria todo o ouro do mundo para saber o que está sentindo agora.

Fecho os olhos por um instante e aproveito o contato da nossa pele. Ordeno a mim mesma mudar o braço de lugar. Tenho um namorado. Amo Filippo. Os pensamentos gritam na minha cabeça. Mas não adianta nada. Não consigo me mexer daqui.

Nossos dedos mindinhos se tocam de leve, depois se sobrepõem suavemente, como se uma corrente nos empurrasse um em direção ao outro. Mas é somente um instante. Leonardo levanta-se de um pulo.

— Quer ir embora? — pergunta-me, ajeitando a jaqueta de couro sem cruzar com meu olhar.

Eu também me levanto rápido.

Andamos em direção ao Fontanone. Daqui a pouco vou subir em sua moto, ele vai me acompanhar até o metrô e lá eu me despedirei dele para sempre. Em menos de uma hora vou estar de novo em casa e me esquecerei do calor de suas mãos, da energia dos seus olhos, do cheiro de sua pele.

Estou pensando nisso, enquanto caminho na frente dele, quase ansiosa para encerrar de vez o capítulo. Então, de repente, sinto sua mão no meu ombro e, antes que eu possa me dar conta, Leonardo me vira e me puxa para si. Ele me envolve com os braços, impetuoso, e afunda a língua no meio dos meus lábios. Eu me entrego sem opor nenhuma resistência e também o beijo com paixão, como desejei durante todos esses meses e desde o primeiro momento em que o vi de novo.

— Oh, Elena... — suspira. Então me olha com olhos intensos, me inundando com seu calor. — Você é uma tentação forte demais para mim — sussurra. — Tentei resistir, mas não sei como fazer.

Sinto-me perdida, confusa. Morro de medo e desejo, no meio da rua. Minhas pernas tremem e tudo abaixo do meu umbigo se contrai. É absurdo, mas eu o quero tanto que dói.

— Eu te sinto, Elena... — ele me diz, agarrando meus pulsos e, escondendo-me em seus braços, me leva um pouco mais para lá, para a clareira de grama no limiar do caminho. — Você tem que ser minha, agora.

Ele me empurra contra uma árvore, abre o zíper do meu casaco e desliza a mão entre meus seios. Sua respiração é forte em relação à minha.

Todas as palavras que dissemos um ao outro antes não fazem mais sentido agora. Somos dois ímãs, para além das intenções e das proibições, além de qualquer coerência e respeito. O desejo por este homem queima meu sangue. Vejo minhas reações refletidas nele, em seus olhos escuros que ardem nos meus, em sua barba que reluz sob a claridade fraca do lampião, e não posso controlá-las. Estou prestes a cometer um erro. Um imenso, tremendo erro.

— Não posso, Leo. — Tento me soltar, enquanto Filippo se insinua dolorosamente no espaço entre nós. — Não posso — repito, sufocando um gemido.

Leonardo para um instante, me olha, depois pousa a testa na minha. Mas sua boca está perto demais, seu cheiro bom demais. Morde a língua entre os dentes. A paixão é mais forte que a razão. Então nos beijamos de novo, porque é a única coisa que podemos fazer, a única coisa que quero neste momento. Espero que a escuridão me faça sentir menos culpada, que torne menos real o que está acontecendo. Mas o efeito é contrário: parece tudo mais verdadeiro, mais intenso, e as sombras dos pinheiros marítimos à nossa volta servem apenas para esconder dos olhos indiscretos a urgência da nossa excitação.

Leonardo levanta minha perna e a enlaça em volta das suas. Sinto seu pênis, dominante, enquanto meus mamilos reencontram o contato familiar de suas mãos.

Nos deixamos cair na terra, em cima da grama úmida. Leonardo tira a jaqueta de couro e a coloca sobre a relva para que eu deite nela. Ele me beija selvagemente, vindo por cima das minhas pernas abertas, e seus dedos abrem caminho entre meus cabelos, descem ligeiros pelo meu rosto e depois deslizam de novo debaixo da minha camiseta até acariciar meus seios. Eu o agarro pela nuca. Preciso sentir seus lábios chupando e apertando, fazendo com que eu gema de prazer.

— Seu seio, Elena... — murmura, ofegante —, é maravilhoso, como eu lembrava. Quero lamber ele, quero lamber você toda.

Abre minha calça jeans e com firmeza enfia uma mão debaixo da calcinha, deslizando no meu sexo molhado. Para por alguns instantes mexendo os dedos lá dentro desse calor, enquanto sua língua procura a minha. Sua respiração está cada vez mais ofegante e potente na minha boca. Então, com um gesto quase violento, arranca tudo meu, calça, calcinha e sapatos, deixando-me nua da cintura para baixo. Desabotoa sua calça jeans, liberando a ereção.

Olhando-me, abre minhas pernas e, sem desviar os olhos dos meus, me penetra com um impulso decidido. Agarro-me a seu pescoço, fecho os olhos e saboreio aquela plenitude, a louca sensação de ser possuída por ele. Sinto-o pulsar dentro de mim, ouço cada centímetro de sua pele. Desliza devagar, dentro e fora. Cada movimento é um gemido, uma onda de fogo que arde dentro de mim. Meu Deus, como senti falta de tudo isso...

Sei que não vou resistir por muito tempo. Leonardo acelera o ritmo, como se tivéssemos que recuperar todo o tempo em que estivemos afastados. Minhas pernas se retesam, minha respiração sai entrecortada.

E então eu me entrego. Nada mais conta agora, somente este momento, este pedaço de terra que nos acolhe como um ninho, nossos corpos novamente juntos e pulsantes. Essa união. O prazer que só ele pode me dar.

Meu orgasmo é potente, desesperado, furioso. Leonardo me segue, saindo rápido de mim e inundando meu ventre com seu sêmen quente. Depois desaba com a cabeça em meu pescoço.

Meu estômago dá um nó quando percebo que estou me sentindo como depois de ter feito amor com ele da primeira vez. Naquele momento também estávamos deitados no chão, no piso do saguão sujo de pó e tinta, e lembro claramente que permaneci imóvel ao lado dele, enquanto em silêncio formulava um único pensamento: "E agora?"

Faço-me a mesma pergunta, neste instante, e a resposta é muito diferente: isto não é um início, mas um fim. É o momento de soltar a mão de Leonardo e lhe dizer adeus. Para sempre. Foi um desvio, uma traição a mim mesma, mais ainda que a Filippo. Mas é a primeira e a última vez, eu juro.

Visto-me novamente, sem pressa. Ele me segura mais um pouco perto de si, talvez intuindo minha inquietação, e me dá pequenos beijos na nuca. Felizmente não diz nada. Não existe nada que ele possa dizer para fazer com que eu me sinta melhor.

Nós nos levantamos e vamos em direção à moto. Leonardo oferece-se para me levar em casa.

Eu o olho e tenho vontade de chorar, mas consigo me segurar.

— Obrigada, mas prefiro chamar um táxi e voltar sozinha. — Enquanto digo isso, algo prende minha garganta.

— Como quiser — responde ele. — Mas vou esperá-lo com você.

Sei que não posso me opor.

Leonardo chama o serviço de táxi para mim e nos encostamos à borda do Fontanone para aguardar. Essa breve espera me parece infinita. Há um silêncio cheio de culpa à nossa volta, quebrado apenas pelo ruído da água que se abre em círculos infinitos. Ele parece relativamente tranquilo. Toca de leve meu ombro com um dedo e não se dá conta de que até aquele simples contato é veneno para mim. Mordo os lábios, fecho os olhos e sinto uma lágrima ficar presa entre os cílios. Leonardo me agarra pelos ombros e a apanha com a boca.

— Não queria que você ficasse triste, Elena. Nunca quis.

Então me abraça forte e eu me entrego a ele, eufórica e desesperada ao mesmo tempo.

Enfim meu táxi chega. Leonardo me dá um beijo delicado na testa e me solta. Eu entro sem me virar para trás.

No trajeto do Gianicolo ao Eur alterno momentos de excitação com outros de melancolia aguda. Cada metro é um passo em direção à redenção, ao arrependimento. Penso em Filippo. Imagino o interior do nosso apartamento neste instante: as luzes apagadas, menos a da sala, o quarto mergulhado no silêncio. E ele com uma camiseta branca, dormindo encolhido na nossa cama.

O remorso está me perseguindo e a culpa é toda de Leonardo. Ou talvez um pouco minha também... Mas foi ele que me colocou contra a parede, erguendo uma barreira fina entre mim e a pessoa que realmente amo. Porque eu amo Filippo. E o que acabou de acontecer foi apenas um estúpido acidente de percurso.

Quando abro a porta de casa e o encontro me esperando dormindo, como eu tinha imaginado, o sentimento de culpa finalmente toma uma forma completa. Mas é quase um alívio me sentir mal assim, uma prova de que não me perdi completamente.

— Ei, Bibi — resmunga Filippo, ressurgindo de sabe-se lá quais sonhos. Ergue-se para se sentar, apoiando-se no encosto. Seus olhos verdes me sorriem por trás de uma camada de sono. — Como foi? Você se divertiu com Paola? — Sua voz está um pouco rouca.

— Sim. Fora do trabalho parece outra pessoa. — Esboço um sorriso vago que tem o gosto da mentira. — Mas você não precisava me esperar...

Esfrega os olhos com os nós dos dedos, como uma criança.

— Estava vendo televisão um pouco, um desses programas enjoados, e peguei no sono — diz, sufocando um bocejo.

Sorrio de novo, desta vez sincera. Adoro as caras que ele faz. Não conseguiria mais viver sem elas.

— Venha. — Estendo-lhe a mão, com doçura. — Vamos dormir.

Ir para debaixo dos lençóis e fingir que nada aconteceu é martirizante, mas meu consolo é pensar que esta noite foi apenas o último ato de uma história absurda.

Daqui para frente, minha vida continua sem Leonardo.

# 4

Nos dias seguintes, faço um esforço danado para me manter no caminho certo. Acordo todas as manhãs relembrando as boas resoluções para o futuro e continuo repetindo a mim mesma como um mantra que "acabou tá acabado" ou, melhor ainda, que "quem vive de passado é museu": resumindo, só vou conseguir esquecer Leonardo para sempre se eu realmente quiser isso.

Mas não adianta muito. Apesar da dedicação e das melhores intenções, me sinto cada vez mais confusa, em suspenso sobre um fio no ar. Tenho a incômoda sensação de ter sido realmente eu mesma naquele pedaço de gramado no Gianicolo, muito mais do que tenho sido há muito tempo, mas sei também que aquela noite foi um erro. Aquele tipo de erro que, se não for contido a tempo, pode gerar uma perigosa reação em cadeia. Aquele tipo de erro que machuca o coração, que faz pensar no passado e viver mal o presente.

A felicidade de Filippo, que nesses dias beira a plenitude, me faz sentir ainda mais distante. Ele parece empolgado. Com o trabalho, com a vida, com a gente. Cantarola mais que de costume, desde Lucio Battisti até Black Eyed Peas. Cantarola pela casa, nas escadas. Cantarola quando sai, enquanto vai para o trabalho ou jogar pelada com os colegas do escritório. Essa sua euforia quase me incomoda. Mas é um pensamento desgovernado, e o expulso rapidamente para o lugar de onde veio.

Somente uma coisa me tranquiliza: embora desde aquela noite eu continue a sentir o perfume *dele* por toda a parte, pelo menos Leonardo não deu mais sinal de vida. Talvez ele também esteja pensando que não faria sentido nenhum se reaproximar, levando em consideração minha atual situação de mulher feliz no relacionamento.

Enquanto tento convencer a mim mesma da absoluta verdade dos meus pensamentos, dou uma última demão de azul no manto da Virgem. São quase nove e meia e Paola ainda não chegou. Acho que não virá mais esta manhã e evito lhe telefonar para pedir explicações. Se não está aqui, deve ter motivos válidos: ela não é daquele tipo de pessoa que falta ao trabalho por causa de uma simples dor de cabeça. Paciência, se precisar ela liga. Isso significa que hoje vou ficar em paz, sem seus olhos obsessivos em cima de mim.

Mas meus planos estão fadados a ir por água abaixo: estou preparando uma nova mistura de pigmentos quando levanto os olhos e vejo Leonardo andando em minha direção. Usa calça jeans e uma camiseta verde-militar, tem a postura segura de sempre e sorri para mim como um demônio.

— Oi — diz.

— Oi... O que você está fazendo por essas bandas? — pergunto nervosa, tentando esconder a surpresa e misturando compulsivamente o composto no potinho.

— Tenho o dia livre e estava me perguntando se você gostaria de dar uma volta — responde, com naturalidade.

— Estou trabalhando — mostro a ele, como se isso não estivesse bem evidente.

Aproxima-se com um passo, colocando as mãos nos bolsos da calça.

— Ora... Está um dia bonito demais para ficar trancada aqui dentro!

— Pena que eu não tenha escolha. — Tento me esquivar e viro-me para a parede: para mim a conversa acabou. O trabalho, nós dois sabemos, é somente uma desculpa: na realidade ele não deveria estar aqui e eu não deveria sentir essa fisgada no estômago.

Volto a me concentrar nas cores ou, pelo menos, finjo fazer isso, mas sinto sua presença me ameaçando. Ele se aproxima de mim e me estende um saquinho branco, com a logomarca preta Dolce & Gabbana. Viro-me novamente para ele.

— O que é isso?

— Abra.

Lá dentro está um maravilhoso biquíni preto. Balanço a cabeça.

— Mas o que você quer dizer com isso?

— Vamos à praia — diz ele, tranquilo e seguro de si.

— Você está louco? — Uma risadinha histérica sai da minha boca. Dou alguns passos para trás e coloco o saquinho na escada.

Leonardo aparece na minha frente com ar de desafio, solene como só ele sabe ser.

— Ora, vamos... É só metade do dia. O litoral nessa época é maravilhoso. — Seus lábios são de uma sensualidade insuportável enquanto diz isso.

— É melhor não, você também sabe — rebato, olhando-o séria. Então decido peitá-lo: — Não é questão de tempo. É que nós dois não deveríamos nos ver e ponto.

— Elena. — Aproxima os lábios do meu ouvido, tocando-me de leve com seu perfume, totalmente desinteressado no que eu acabara de lhe dizer. — Venha comigo, só desta vez.

Eu queria não sentir esse redemoinho na barriga, queria dar um tapa nele e empurrá-lo para longe de mim. E depois queria que ele me pegasse e me levasse embora.

Com um esforço tremendo eu me afasto e tento permanecer firme na minha posição.

— Escute, eu não quero.

— Quer sim — ele sorri como se houvesse me surpreendido dizendo uma mentira. Aproxima-se e abre meu macacão lentamente, deixando seu olhar escorregar sobre mim.

— Vamos, tire esse troço — continua. — Se você me obrigar a tirar sua roupa eu poderia não parar...

Ele me olha, eu o olho. Um sorriso me escapa. Estou hesitando, e ele sabe muito bem disso. Com um suspiro profundo balanço a cabeça, tiro sua mão do zíper e o abaixo todo de uma vez. Eu cedi e ele concorda, satisfeito. Ele me observa sair da minha armadura e me entregar a ele, indefesa, rendida. Ele venceu de novo, desgraçado...

— Mas me prometa que vamos voltar antes das sete! — digo, enquanto pego minhas coisas.

— Claro, como você quiser — confirma rapidamente, sem sequer me ouvir, e, segurando minha mão, me arrasta pela nave, em direção à saída. Meu coração bate no peito feito doido. Estou fazendo uma loucura, eu sei, mas por um momento volto a ter 15 anos, quando, um instante antes de entrar na sala, Gaia me convencia a matar aula. Revivo a mesma sensação de liberdade, a mesma excitação por causa daquele tempo roubado do dever, por causa daquelas poucas horas cheias de promessas, quando parecia que tudo poderia acontecer.

No pátio cruzamos com Martino. Está chegando naquele momento, afobado como de costume, com a pastinha debaixo do braço e a bolsinha de couro amarrada ao cinto. Quando me vê ao lado de Leonardo, me dirige um olhar que passa rapidamente do espanto à decepção.

— Oi, Martino — eu o cumprimento, soltando-me de Leonardo e indo ao seu encontro.

— Você já vai embora? — pergunta. Pelo tom, deduzo que desejava passar um pouco de tempo comigo.

— Sim — respondo, abrindo os braços, como se me justificasse — hoje vou ficar de folga.

— Ah. — Seus lábios se curvam para baixo enquanto examina Leonardo de lado. Depois volta a olhar para mim, como se estivesse em busca de uma explicação, mas eu não sei o que dizer e encolho os ombros com um sorriso que gostaria de parecer uma desculpa.

Martino concorda, como se tivesse entendido tudo.

— Tudo bem, vou até São Mateus... — Despede-se de mim com um aceno e desliza para dentro sem olhar para trás.

— Até a próxima, então! — grito de longe, mas ele continua em frente.

— Quem era? — pergunta Leonardo, pegando minha mão novamente.

— Um estudante de Belas Artes que vem aqui por causa dos quadros de Caravaggio.

— Ele está de quatro por você, você sabe, não é?

— Imagina... — encerro a questão com um gesto da mão. — Ele só tem 20 anos.

— Justamente — enfatiza, com tom seguro.

Balanço a cabeça esboçando um sorriso. Na verdade, até este momento não tinha pensado muito no assunto, mas os olhos de Martino quando me viu há pouco tornam a hipótese mais que possível. Espero que não tenha ficado muito mal.

Todas as preocupações desaparecem quando subo na Ducati e me abraço a Leonardo. Sinto-me livre e segura agarrada às suas costas. Estamos correndo em direção ao litoral, com a brisa da manhã fazendo cócegas em nossos rostos e um céu azul sem nuvens. Estou bem no assento desta moto. Estou bem com ele e me dou conta de que agora não desejaria estar em nenhum outro lugar. Enquanto percorremos a Pontina, o ar já começa a ter cheiro de sal, de algas, de pinheiral. De mar.

Sabaudia destaca-se diante dos nossos olhos com sua atmosfera suspensa, parece saída de um quadro de De Chirico. Agora entendo por que os intelectuais romanos, nos anos 1950, a escolheram como refúgio de veraneio. Há algo de mágico neste lugar, uma mistura fascinante de mar, lago, pântano, bosque e deserto. A Ducati passa por cima do asfalto da orla, e durante muitos quilômetros é uma sucessão de dunas cobertas por mata mediterrânea, até chegarmos ao monte Circeo, onde o branco dourado da areia dá lugar ao verde do recife.

Leonardo estaciona a moto em uma clareira na margem da estrada e dali descemos a pé, percorrendo a escadinha de madeira que leva à praia. De vez em quando ele me estende uma mão, atencioso, e me ajuda na descida. Tem cuidado comigo, faz com que me sinta protegida. Não sinto falta de nada quando estou ao lado dele. É cruel dizer isso, mas não sinto falta nem de Filippo.

— Meu Deus, como essas dunas são lindas! — exclamo, os olhos cheios de admiração. O vento deixou sobre a areia branquíssima desenhos e arabescos que parecem obras de arte. Respiro fundo e a maresia desce até os meus pulmões.

— Eu falei que valia a pena... — diz Leonardo, acariciando-me com um olhar.

Eu precisava de ar livre, de luz natural. Amo meu trabalho, mas está estragando meus olhos, minha pele: paredes cheias de umidade, solventes, pós, andaimes, pincéis para limpar... Paola berrando. Eu estava mesmo com vontade de sair um pouco, e aqui é um paraíso de natureza selvagem e água límpida.

O rapaz do estabelecimento vem ao nosso encontro, bronzeado já em maio e com os cabelos clareados pelo sol. Ele nos arruma duas espreguiçadeiras bem na beira d'água e pergunta se queremos beber alguma coisa. Pedimos dois *prosecchi* e ele se afasta. À nossa volta há poucas pessoas, uma mãe com duas crianças pequenas e um casal de senhores com a pele avermelhada, talvez sejam alemães.

Leonardo desabotoa a camisa, aproxima-se da água e, levantando a calça, afunda os pés para experimentá-la. Parece bem à vontade: com aquela barba por fazer e o tórax bronzeado poderia ser um marinheiro. Vira-se para mim.

— Tem certeza de que não quer colocar o biquíni?

— E você?

— Já estou de sunga por baixo.

Pego a bolsa e vou me trocar em uma das cabines. Tenho que reconhecer que Leonardo tem bom gosto: este biquíni é lindo, elegante. O sutiã é de amarrar na nuca, meu modelo preferido; realça os ombros, a única parte do meu corpo que amo de verdade, junto com os braços. De tanto ficar empoleirada durante horas nos andaimes e nas escadas, com o busto inteiro tensionado, acabei com ombros de nadadora!

Bem, estou pronta. Agora só tenho que voltar lá, ficar confortável naquela espreguiçadeira e relaxar. Por um instante, vejo o sorriso de Filippo, suas covinhas, seus olhos verde-claros, e então aquela expressão doce vira gelo subitamente. Quando abro a porta da cabine, porém, a luz do sol me ofusca e apaga a visão de repente.

Leonardo está me esperando ao lado da espreguiçadeira, de óculos escuros e um copo na mão. Tirou a roupa e ficou de sunga. Seu físico é sólido, pleno, terrivelmente sexy. Desgraçadamente sexy. Não é um daqueles físicos malhados, hiperdefinidos; seus músculos parecem modelados mais por atividades ao ar livre do que por horas na academia. Não tem uma barriga retinha, mas isso é de se esperar de um cozinheiro e de alguém que tem uma índole como a sua; eu diria que ele é uma pessoa que sabe aproveitar a vida. E aquela tatuagem nas costas lhe dá um fascínio tremendo: não consigo tirar os olhos de cima dele.

Pego meu copo, pousado sobre a mesinha ao lado de uma tigela de amendoins.

Leonardo me observa, satisfeito, e de repente me dou conta de que não me sinto exatamente prontíssima para a prova do biquíni. Nos últimos meses, por causa da presença tranquilizadora de Filippo, eu relaxei um pouco em relação à comida...

— Esse biquíni ficou bom em você — ele me diz, e seu olhar para no meu seio. De fato esse biquíni é realmente milagroso, transformou meu tamanho dois em um três amplo. E, de todo modo, não sei por que, mas depois de ter feito amor com ele reparei que aumentei meio número.

Meu ponto fraco, porém, que me deixa em desespero, continua sendo o bumbum: nunca vai ser empinado e duro como eu gostaria. E, além disso, tenho essa celulite horrível atrás das coxas que talvez não dê para ver, mas faz com que eu me sinta imperfeita, desconfortável, e que não dá sinal de ir embora, apesar do caríssimo e nojentíssimo creme termal que Gaia me sugeriu. Claro, talvez eu devesse ter sido um pouco mais perseverante: eu o coloquei três vezes e na quarta desisti, cansada de lambuzar o pijama e a cama e de acordar toda grudenta.

Já Leonardo parece curtir todas as partes do meu corpo, a julgar pelos olhadas que me dá. Isso me deixa contente e me enche de orgulho. Acho que não existe nada mais gostoso do que saber que agradamos ao homem dos nossos sonhos.

— Vamos — ele me diz de repente, agarrando-me pela cintura e empurrando-me em direção à água.

Mergulhamos juntos no Tirreno esverdeado e morno, Leonardo me persegue e joga água em mim, levantando cascatas com as mãos, e eu me sinto leve, viva, outra pessoa. Depois nós nos procuramos debaixo d'água e enroscamos braços e pernas como se fossem tentáculos. Tiro seus cabelos molhados do rosto e o beijo na boca, que agora tem gosto de sal. Ele me aperta pelas coxas e me faz sentir sua ereção, então mexe no meu biquíni e começa a provocar meu mamilo. Enquanto faz isso, com a outra mão acaricia minha bunda.

Nós dois estamos excitados e quase indo adiante, mas percebemos que uma mãe e duas crianças se aproximam, então desistimos de todas as fantasias. Sorrimos um para o outro e saímos da água, adiando tudo para outro momento.

Torço o cabelo e faço menção de deitar na minha espreguiçadeira.

— Venha aqui — ele me diz, abrindo um lugar para mim ao seu lado.

Passa a mão em volta das minhas costas e eu me aperto em seu corpo quente. Ficamos assim, em silêncio, embalados pelo ruído das ondas e das nossas respirações. Acaricio a areia finíssima com um dos pés, cavando um pequeno buraco. Lembro-me de quando, criança, na praia do Lido, eu brincava até ficar completamente à milanesa, com areia por todo o corpo, para desespero da minha mãe. Em certos momentos, como este, sinto um pouco de saudade dos meus pais. O que será que estão fazendo agora? Poderia dizer, quase com certeza, que minha mãe deve estar na cozinha preparando uma de suas gostosuras ou no supermercado. Já meu pai poderia estar na casa de Antonio — seu melhor amigo, também ex-funcionário da Marinha — redigindo a lista das novas convocações para o setor de voluntários da Proteção Civil. Sei que agora se dedica ativamente ao voluntariado (muito melhor que aos trabalhos manuais!). Ficaram quase sempre por fora do que me aconteceu nos últimos meses, e agora devem achar que estou levando uma vida tranquila junto com Filippo, enquanto na realidade estou aqui, em frente a um mar magnífico, nos braços do homem que literalmente revirou meu mundo. É inútil negar, Leonardo ainda faz parte de mim, ficou grudado no meu corpo como a areia.

— Como está se sentindo? — ele pergunta de repente, continuando a olhar um ponto fixo no horizonte.

Sua pergunta, tão vaga, me confunde e não posso deixar de me questionar sobre o que realmente ele quer saber.

— Você quer dizer como estou me sentindo agora?

— Sim, mas não só isso — responde, e vira-se na minha direção com um olhar que parece querer ler dentro de mim. — Como está se sentindo agora e como está se sentindo em geral, depois daquela noite.

Essa é uma pergunta que eu preferiria evitar. Para dar uma resposta eu teria que organizar minimamente o caos dos pensamentos e dos sentimentos que há dias se agitam dentro de mim. Eu tento e, inesperadamente, sinto-me invadida por uma estranha euforia. Porque, apesar da sensação de culpa e do peso da traição, há tempos não vivia um momento tão intenso. Talvez desde que parei de ver Leonardo.

— Quando estou com você estou bem — respondo. — Mas só se eu não pensar em todo o resto.

Ele concorda, talvez com ele aconteça o mesmo.

— E você? — pergunto, para ter uma confirmação.

— Eu tento aproveitar o melhor desta vida, Elena, sempre faço isso. E pelo menos por hoje acho que consegui.

Debaixo de seus cílios compridos cresce por um instante uma sombra escura. Depois ele sorri e a sombra desaparece.

— Venha, vamos dar uma volta — diz, começando a se vestir.

Andamos um pouco pela orla, deixando que as ondas nos molhem. Olho nossas pegadas se apagando na areia úmida com os olhos entusiasmados de uma criança, enquanto Leonardo me pega pela mão como se quisesse me levar a um lugar específico.

A praia de Sabaudia tem uma atmosfera misteriosa: poucas pessoas, poucos olhares, poucas vozes. De um lado o mar e do outro, as dunas e uma sequência de mansões luxuosas, refúgio dos romanos famosos, ainda vazias nessa época.

A distância, em frente, há um pequeno bote inflável amarrado ao lado da rebentação. Quando chegamos perto dele, Leonardo o examina atentamente para se certificar de que está tudo certo.

— Quer dar uma volta? — pergunta. E é um convite ao qual não posso resistir.

— Mas será que não é de alguém? — digo, tentando não ceder imediatamente.

— É de Saporetti, o administrador daquele restaurante — e indica uma cabana na praia, a uma centena de metros de nós. Um instante depois, um homem sai à varanda e o vejo acenando. Imagino que seja o dono do local, e deste bote também. — É um amigo — Leonardo me explica. — Vou apresentar a você.

Saporetti vem até nós e nos recebe, cordial, com um forte sotaque da região do Lácio, mas não romano. Deve ter uns 60 anos, a pele queimada de sol e os cabelos completamente brancos, o jeito natural e informal de quem está acostumado a lidar com pessoas e continua amando o contato com o público mesmo depois de anos de trabalho. Parece que ele e Leonardo se conhecem a vida toda e pelo jeito como se falam pode-se dizer que já passaram por poucas e boas juntos.

— Podem ir, vão — encoraja-nos, indicando o bote. — Deem uma volta, mas depois venham almoçar um espaguete com mexilhões... Você entende um pouco disso, Leo.

— Está bem, não precisa dizer mais nada — Leonardo se rende, levantando as mãos.

Saporetti despede-se de nós, marcando um horário para mais tarde, e Leonardo solta a corda do bote e o empurra na água. Fico impressionada com a força daqueles braços, como se os visse agora pela primeira vez: os músculos parecem sair de sua pele.

Ele me ajuda a subir, depois com um impulso decidido abre espaço ao meu lado, liga o motor e nos afastamos da costa.

É quase meio-dia, mas o sol não queima, amenizado pelo agradável vento que chega do Circeo. As ondas quebram-se sobre o bote, fazendo-nos pular. Respingos molham meu rosto continuamente e deixo que me acariciem, feliz por respirar este ar de liberdade: penso que eu deveria estar no trabalho, agora, sob o olhar severo de Paola, e um arrepio me atravessa. Esta é a minha pequena, mas certamente nada inocente, fuga. E tenho que tentar aproveitá-la.

Em poucos minutos chegamos à enseada sob a torre do monte. Aqui a montanha joga-se no mar em um encontro extraordinário de terra e água. Essa natureza primitiva e selvagem é pura energia e me revigora.

Leonardo desliga o motor. Tiramos a roupa de novo e por um tempo somos embalados pelas ondas. Deito, apoiando a cabeça na beira do bote, e deixo que o sol me aqueça, cobrindo meus olhos com o braço. Um instante depois, Leonardo pega meu queixo e me beija com desejo, afundando sua língua em brasa na minha boca e puxando-me para si por uma mecha de cabelo ainda úmida. É um beijo apaixonado, impaciente: ele me exige. Fico literalmente sem fôlego. Então ele se levanta, me perfura com seu olhar ardente e mergulha.

Talvez seja um convite. Talvez aqueles olhos e aquele beijo queiram dizer "Siga-me, o que você está esperando?". E então desabotoo a camisa e mergulho também, nado até ele, entre os reflexos de luz na água. Leonardo me envolve com seus braços fortes e naquele momento sinto que quero me abandonar, quero virar uma coisa só com ele, aqui, no meio deste mar, rodeados apenas por água e sol. Pele sobre pele, pele que agora é uma onda líquida e quente.

Entre nós tudo é jogo, sedução, fogo. Leonardo me empurra para baixo duas vezes e ri, vendo que eu me debato sempre que volto à superfície. Então me puxa para si e sinto suas mãos me levantarem por trás e seu pau deslizar pela minha bunda. Um beijo violento no pescoço, depois uma mordida que me transmite uma espécie de choque elétrico. Seu joelho faz carinho no meio das minhas pernas, meu sexo molhado arde, enquanto um arrepio me percorre inteira, subindo do ventre à cabeça.

É nesse momento que ele me solta e começa a nadar até os recifes debaixo da torre. Eu o sigo. Com a ajuda de uma corda presa na rocha, ele escala o recife e chega a uma clareira de pedra lisa. Estende o braço para me ajudar a subir e, me abraçando, começa a me beijar com voracidade. Depois solta o sutiã do meu biquíni e, com um gesto seguro, tira a parte de baixo.

Fico nua na frente dele, meu corpo aquecido pelos seus olhos que queimam mais que o sol. Ele me encara como se não desejasse outra coisa na vida.

— Eu poderia ficar o dia inteiro olhando você, Elena.

Então pega uma de minhas mãos e a pressiona em seu pênis, fazendo com que eu sinta o quanto ele me quer. Eu tiro a sunga dele, jogando-a em cima do biquíni, e me imprimo em seu corpo nu. Tenho que deixar nele a minha marca, a marca do meu desejo. Ele tem um ar assustadoramente sexy, jovem e despreocupado. Seu cheiro na pele molhada é ainda mais inebriante. Ele me sorri com aqueles olhos escuros, e as pequenas rugas nas laterais, que sempre me deixaram louca, também riem.

Leonardo me deita no chão com doçura, sobre a pedra lisa e ardente do recife: queima, mas o calor não é maior que o do meu corpo. Ele vem para cima de mim, prendendo meus braços acima da cabeça e apertando minhas coxas entre os joelhos.

— Você tem ideia do efeito que causa em mim? — ele sussurra em um suspiro.

— Não — digo, ofegante, enquanto me estico toda debaixo dele.

Leonardo sorri.

— Claro que você sabe — diz, e, escorregando dois dedos entre minhas pernas, aperta minha boca com a outra mão.

Começo a gemer com os movimentos profundos de seus dedos experientes. Ele parece querer que eu tenha prazer assim, sem me penetrar. E eu acho que já estou perdendo o controle. Embora eu não queira gozar desse jeito: eu o desejo, preciso sentir sua ereção dentro de mim.

Estou quase no extremo quando Leonardo se deita em cima de mim e me preenche molhado e quente. Faz com que minha mão deslize em volta da sua cintura, prende-a na base das costas e, segurando-me agarrada a si, pressiona dentro de mim com mais força. Penetra com um ritmo torturante. Nossa respiração vira uma só, torna-se cada vez mais forte e fragmentada. Sinto aquele calor familiar que sobe pelo meu ventre, me contrai e me deixa tonta, apagando tudo o que acontece fora do meu corpo.

É isso que Leonardo faz comigo. Não pede licença, não me deixa conhecê-lo, entendê-lo, e toma posse de mim: ele me faz sua sem encontrar resistências, e eu não consigo mais pensar em nada. Existimos somente eu e ele nesse pedaço isolado de mundo, nessa pedra ardente, diante desse mar que assiste ao espetáculo da nossa paixão e parece nos encorajar com suas ondas.

Mexo-me debaixo dele, acompanhando seu ritmo. Cada vez mais excitada, exijo o orgasmo que está me prometendo.

— Continua, por favor, não para, me come — sussurro em seu ouvido.

Então, de repente ele me vira e estou de bruços: quase me esmaga, com seu peso e sua força. Ele me pega por trás e não tenho saída, sou prisioneira de seu desejo. É violento e me quer assim, agora.

Eu me entrego completamente, até gozarmos juntos, inebriados de prazer recíproco.

— Meu Deus, Elena — murmura, dando pequenos beijos nos meus ombros demoradamente. — Você é como uma droga, me faz perder o controle, como nunca tinha me acontecido, e fico pensando em umas coisas... Não posso resistir a você.

Olho para ele, conto até três em silêncio e então digo o que não deveria:

— Não resista.

Mergulhamos de novo, dessa vez, nus. Agora nada mais me parece proibido. Eu faria qualquer coisa com ele, para ele e por ele. Quando voltamos à superfície, ficamos deitados nas pedras para nos secarmos ao sol. Depois voltamos com o bote e, como prometido, paramos para almoçar no restaurante de Saporetti.

Leonardo me conta que esta cabana de madeira fincada na areia é um lugar histórico: aqui vinham Pasolini e Moravia, Fellini e Bertolucci. Ao entrar, tenho a impressão de voltar no tempo, de dar uma volta na Itália dos anos 1960, com essas toalhas de quadradinhos brancos e azuis, as luminárias de junco, as cadeiras de madeira envernizada.

Saporetti nos recebe com seu sorriso caloroso e, sem esperar os pedidos, avisa que nossos espaguetes estão sendo preparados. Parece que são sua especialidade. E se é Leonardo quem diz isso eu posso confiar... Embora sua culinária, pelo pouco que entendo do assunto, seja muito mais sofisticada e experimental. Resumindo, Saporetti é a tradição e Leonardo, a inovação.

Enquanto esperamos, degustamos um delicioso vinho branco do Circeo.

— É estranho — diz Leonardo, como se estivesse pensando em voz alta. — Não sei mais se você é a mesma Elena que conheci, estou achando você... diferente. E não saberia explicar por que, mas é uma sensação muito forte.

— O que está querendo dizer?

— Que você parece mais mulher, como se em pouco tempo tivesse se tornado mais feminina, mais madura... E sei que isso a deixará contente.

Observo-o beber um gole do vinho e de repente me revejo através de seus olhos. Como eu era quando ele me conheceu e como sou agora: a Elena de sete meses atrás — a garota solitária e indecisa — e a Elena de agora, em um relacionamento *feliz* e com algumas certezas a mais. Tão diferentes e ainda assim incrivelmente iguais em uma coisa: uma irresistível e insana atração por esse homem.

— Sim, talvez eu tenha mudado e, pro bem e pro mal, isso tem a ver com você também — admito, no fim, enquanto voltam à minha cabeça algumas imagens da nossa história, detalhes que eu havia eliminado ou simplesmente esquecido.

Ficamos em silêncio por um momento.

Então Leonardo pergunta:

— Você ainda me odeia?

— Claro que odeio, mas se eu voltasse atrás faria tudo de novo. Não tenho remorsos — respondo, olhando-o nos olhos, segura de mim como não sou há tempos.

A raiva que eu alimentava em relação a ele deu lugar, como mágica, a uma sensação de perdição consciente que faz com que minhas pernas tremam um pouco. Mas já não tenho mais medo.

— Aqui estão eles! — A chegada de Saporetti interrompe o clima e leva nossa atenção para dois maravilhosos pratos de macarrão, onde estão em evidência todos os frutos do mar Mediterrâneo.

— Está com muita fome? — Leonardo me pergunta, vendo que tento desajeitadamente enrolar no garfo um emaranhado imenso de espaguete.

— Você não sabe que o ar marinho abre meu apetite? — respondo, com um sorriso.

No meio da tarde voltamos para Roma. Sou obrigada a parar na casa de Leonardo, não tenho escolha. Preciso tomar um banho e ajeitar todo o meu visual para encontrar Filippo sem despertar suspeitas: se ele me visse agora, perceberia num segundo que não estive no trabalho. E, além disso, a marca da traição ficou grudada na minha pele, e não é só por causa da areia, do sal, do bronzeado: é o cheiro de Leonardo, seu suor, são suas mãos que ainda sinto sobre mim.

O apartamento fica em Trastevere, a poucos passos da piazza Trilussa, e é no terceiro andar de um prédio sem elevador, de frente para o rio. Um loft luminoso, reformado há pouco tempo, com uma vista fantástica para a cidade e acabamentos de luxo: o piso de madeira de cedro, a cozinha com prateleiras de mármore branco de Carrara, o mezanino pintado de vermelho vivo com uma cama king size no meio.

— Quer beber alguma coisa? — pergunta Leonardo, depois que eu me acomodei no sofá.

— Quero. Um copo d'água, obrigada. — O dia de hoje me desidratou de felicidade.

— Olha o exagero, hein! — comenta, debochando. Acho que está tentando tornar o clima um pouco mais leve.

Assoviando um hit de verão que acho que conheço, Leonardo abre a geladeira e tira uma garrafa gelada de Fillico King. Será possível que ele tenha que ser diferente em tudo, até na água? Depois vem até a mim com dois copos. Bebo avidamente um, de um gole só, e, antes que seja tarde demais, escapo para o banheiro para me arrumar.

Quando me olho no espelho emoldurado por estuques venezianos, reparo que estou com dois tomates ardentes no lugar das bochechas. Não sei por quanto tempo o efeito pode durar, mas espero que desapareça completamente antes de eu voltar para casa. Ligo o chuveiro com a ideia de ficar debaixo dele por um bom tempo.

Acabei de tirar o sutiã do biquíni, quando do espelho vejo Leonardo surgir na entrada do banheiro. Ele me olha de um jeito safado e com um sorrisinho faminto desenhado nos lábios.

Dou-lhe uma olhada interrogativa, mas sei muito bem o que ele quer: aqueles olhos cheios de desejo, sua respiração no meu pescoço e seus dedos que tocam de leve meus mamilos estão me dizendo isso. Antes que eu possa dizer uma palavra, ele me agarra e me empurra contra a parede.

Suas mãos estão novamente sobre minha pele ainda quente de sol. Somos dois ímãs, duas notas que se sucedem. Sua boca exige a minha, insaciável.

Nesse ponto, eu o detenho. Sinto que desta vez sou eu que quero comandar a situação. Preciso torná-lo meu.

Minha mão escorrega rápido em seu traseiro e instintivamente pressiono minha pelve contra a sua. Leonardo me quer, eu sinto. Seu desejo estremece impaciente sob a calça. Estou atordoada e excitada, enquanto percebo sua necessidade urgente de me ter. Meus dedos afundam em seus cabelos e os puxam forte, para mantê-lo agarrado a mim.

— Será possível que eu nunca me canse de você? — comento ofegante perto de seu rosto.

Sei que ele sente o mesmo. E lhe digo isso com os olhos também, enquanto o sangue queima nas minhas veias. Abro o zíper de sua calça e procuro seu pau duro, quente. Vejo-o inclinar a cabeça para trás, enquanto com as mãos se apoia na parede atrás de mim. Então escorrego devagar com as costas sobre os azulejos até me agachar na frente dele e, com a língua, o toco de leve. Depois o deixo entrar entre os lábios, saboreando seu gosto misturado com o do sal. Sinto Leonardo estremecer de prazer, acaricio suas pernas e aperto sua bunda, chupando-o lentamente. Causar nele esse arrepio que flui debaixo de sua pele me dá prazer. Ele faz carinho nos meus cabelos e depois os puxa, quase me machuca, então me aperta para si, quer que eu o faça gozar, e quando está quase no clímax me afasta com delicadeza e me beija. Beija seu prazer, seu gosto, ainda me segurando pelos cabelos, depois afasta minha cabeça o suficiente para me olhar nos olhos, desafiador e rendido ao mesmo tempo.

— Você vai me deixar louco.

Então me dá um puxão e afunda os dentes no meu pescoço.

— Não... Por favor! — imploro, num incrível momento de lucidez. — Não deixe marcas em mim!

Assim, ele me pega pelo braço e me empurra para debaixo do chuveiro, onde a água continua a escorrer. Aperta meu rosto contra a parede e depois, possuído por um desejo quase animal, agarra meus quadris e me obriga a arquear as costas. E de imediato me penetra, ríspido, brutal e tremendamente excitante. Movimenta-se dentro de mim ofegando, sua pelve contra a minha, seu peito contra minhas costas, enquanto a água continua a cair sobre nós, sem, porém, conseguir apagar o fogo que sentimos por dentro.

Seus dedos buscam minha boca, que se abre, sem impor resistência, brincam com minha língua, fazem com que eu solte ruídos que nem sequer sabia que podia emitir.

— Vamos, Elena! — rosna no meu ouvido. — Quero ouvir você gritar!

E, como um instrumento obediente a seu comando, meu corpo inteiro produz um orgasmo devastador, que me preenche a alma e sai da garganta com um berro rouco e profundo.

Leonardo, eu sou completamente louca por você.

No exato momento em que estamos nos vestindo, chega uma mensagem de texto para mim. Meu iPhone, que está na superfície da pia, se ilumina de verde. Imagino quem possa ser a essa hora e, dentro de mim, espero estar enganada. Mas infelizmente tenho razão.

Bibi, como vão as coisas?
Jantamos em casa ou fora?
Beijo

Sinto uma fisgada no peito. Sou uma cretina. Uma traidora. Levanto uma alça do sutiã e luto para sufocar minha aflição, mas logo perco a batalha, já que Leonardo percebe isso imediatamente.

— É seu namorado? — pergunta, sem se alterar muito.

— É — respondo, enquanto escrevo a Filippo que prefiro ficar em casa esta noite.

Ele não diz nada e me beija na testa, então sai do banheiro para acabar de se vestir em seu quarto.

Balançando a cabeça, fecho a porta e me olho no espelho: estou com uma aparência normal, não tenho nenhuma marca de infâmia na cara. Mas sinto nos ombros o peso desse dia clandestino que vivi.

Amo mesmo Filippo?, eu me pergunto.

Sim, merda, eu o amo, tenho certeza.

Mas então por que desejo Leonardo?

Li em algum lugar que na maioria das vezes não desejamos o que amamos e nem o que respeitamos. Principalmente, não desejamos o que se parece conosco. Talvez seja verdade, mas agora não é o momento de pensar nisso. Tenho que voltar para casa.

Encontro Leonardo em seu quarto amplo e luminoso e ele me acompanha até a porta. Ele se trocou e agora está com cheiro de espuma de banho. Faz carinho no meu queixo, se encosta ao umbral da porta e me olha como se não quisesse me deixar ir embora.

— Quando nos vemos de novo? — pergunta.

— Não sei... — digo, abaixando o olhar, enquanto coloco o telefone na bolsa.

Ele levanta minha cabeça novamente e procura meus olhos.

— Ei... Você disse que não se arrepende do que fez comigo. Não comece agora, está bem?

— Está bem — suspiro, pouco convencida. Despeço-me dele com um beijo suave, depois me atiro escada abaixo e mergulho no trânsito do Lungotevere.

Enquanto caminho até o ponto do ônibus, tenho a estranha sensação de que vou me arrepender de alguma coisa, mais cedo ou mais tarde. Embora não saiba exatamente do quê.

# 5

É uma noite de domingo bem perto do verão, o ar está quente, o céu ainda está claro e uma sensação de preguiça feliz paira no rosto das pessoas. A mão de Filippo desliza suavemente pelo meu vestido e apoia-se em meu quadril, enquanto nos dirigimos à saída do cinema. No Trevi estava passando *Meu amor me ajude*, um filme da mostra dedicado a Alberto Sordi. Eu não esperava, mas a sala estava cheia e logo me lembrei das nossas cinematecas universitárias, onde às vezes éramos três ou quatro pessoas nas projeções, incluindo Filippo e eu.

— Foi bom ver de novo — observa ele, com um sorriso satisfeito. — É um filme diferente, estranho.

— Sim. Não é a clássica comédia italiana. — Levanto o olhar, procurando a palavra certa. — Deixa algo amargo na gente — acrescento, enrugando o nariz.

— Em algumas cenas não sabemos se rimos ou choramos. E, além do mais, a Monica Vitti é realmente fantástica.

— É mesmo.

Concordo, fazendo com que Filippo acredite que estamos pensando o mesmo, mas não é exatamente assim. Uma tempestade de emoções agita-se dentro de mim. Esforço-me para esconder dele, mas não sei se estou conseguindo, considerando o fogo que sinto ferver no rosto.

Aconteceu enquanto estávamos sentados na sala. Eu estava tranquila e calma, curtindo o filme aninhada ao corpo do meu namorado, cabeça com cabeça, mão na mão. Parecia tudo perfeito. Até *aquela* cena. O carro que derrapa na orla, a mulher que confessa ao marido estar apaixonada por outro, a briga furiosa, ele que corre atrás dela e a faz mudar de opinião à força de bofetões. Aquela cena sempre me fez rir, mas esta noite não. Minha mão se solta de repente da mão de Filippo, enquanto o pensamento voa para uma semana atrás. Eu estava ali, no mesmo lugar, já vi aquelas imagens passarem diante dos meus olhos. Eu a reconheço: é a praia de Sabaudia. Eu estava lá com Leonardo, eu também era mentirosa e desleal, mas aquilo não era um filme.

Não falei mais com ele desde aquele dia. Há uma semana não dá sinal de vida e tentei apagar sua lembrança da minha mente. Não funcionou, na realidade, e tudo virou um pretexto para pensar nele.

Filippo e eu andamos com passos lentos pelas ruas do centro e chegamos à Fontana di Trevi, já iluminada. Meu iPhone vibra, pego e vejo que há uma nova mensagem na secretária eletrônica. Como estou convencida de que é de Gaia, aperto PLAY enquanto me dou conta, um instante depois, com excitação e temor, que a mensagem não é dela, mas de Leonardo. Não sei se me sinto feliz ou desesperada, talvez as duas coisas. Ele volta, some, depois volta de novo. Por que não me deixa em paz? É tudo tão complicado!

Transtornada, dou uma olhada para Filippo, que parece distraído. Eu poderia ouvir a mensagem inteira sem que ele percebesse, meu lado culpado está morrendo de vontade de fazer isso. Porém, não o deixo continuar depois de um promissor: "Elena, aqui é Leonardo." Chega. Não vou permitir que ele diga nada na presença de Filippo. Ao lado de Filippo.

— Pra quem você está ligando? — ele pergunta, notando que estou com um ouvido colado no telefone.

— Tinha uma mensagem na secretária — respondo, com tom indiferente. E coloco apressada o iPhone de volta na bolsa.

— De quem? — indaga, curioso.

*De quem?* Minha cabeça está um liquidificador.

— De Paola — respondo, rápida.

— Ela perturba você até aos domingos? — Filippo arregala os olhos, exasperado ao ouvir o nome da minha colega chata.

— Ela pediu pra eu chegar mais cedo amanhã de manhã.

— Que tortura!

— É mesmo...

Depois de caminharmos mais um pouco, paramos para um aperitivo no Salotto 42, um bar na piazza di Pietra. Este lugar é de tirar o fôlego, principalmente à noite, e as colunas do templo de Adriano criam um efeito cênico extraordinário. Já começo a me sentir melhor agora. A ansiedade desaparece e o meu rosto já não arde tanto, enquanto estamos sentados em um sofá vintage dos anos 1950, entre memorabilia, revistas de design e fotografia, livros e discos de vinil. Não devo pensar em Leonardo, devo parar de me perguntar o que queria me dizer naquela mensagem e me dedicar a Filippo. Tenho que ficar no presente, aqui e agora, com ele.

Este bar tem um significado especial para nós: foi onde jantamos na noite em que fizemos amor pela primeira vez depois da minha louca viagem a Roma. Parece ainda mais gostoso esta noite, somos embalados por um delicioso fundo musical Nu jazz, e de repente percebo que estamos até sentados na mesma mesa.

Levanto as sobrancelhas e digo:

— Coincidência?

— Quem sabe... — Filippo sorri satisfeito e levanta os ombros. Alguns minutos mais tarde, depois que nossos drinques e alguns petiscos *fusion* chegaram, ele me pergunta sobre o trabalho: — E então, quando você acha que vai terminar?

— Você está falando da capela inteira ou do afresco que estou restaurando agora?

— De tudo.

Eu me fiz a mesma pergunta um monte de vezes nos últimos dias.

— Acho que no fim do verão, mas não colocaria a mão no fogo.

O garçom para um instante em nossa mesa para nos oferecer algumas provas de *raw food*. Filippo aponta para o pratinho do sushi vazio, perguntando-me se quero mais. Concordo — adoro a naturalidade da nossa comunicação não verbal — e deixo que ele faça o pedido.

Enquanto esperamos o novo prato de California roll, Filippo se ajeita na cadeira, com a expressão estranhamente séria.

— Então — começa —, queria falar com você sobre uma coisa.

Por um segundo sou tomada pelo pânico, achando que ele me viu correndo por Roma montada na Ducati ou que soube de Leonardo de algum outro jeito. Mas então continua:

— Tenho novidades importantes.

— Quais são? — pergunto, ansiosa.

Filippo fica mexendo no guardanapo e suspira, hesitante. Se ele fosse a mulher e eu o homem, eu não teria dúvidas sobre o anúncio a ser feito: "Estou grávida. Estamos esperando um bebê." Parece sério e inquieto, mas ao mesmo tempo empolgado. Enfim diz, com orgulho:

— Daqui a exatamente um mês termino o trabalho com Renzo Piano. Já está decidido.

Observo-o, esperando que continue: até agora, nenhuma novidade. Eu sabia que mais cedo ou mais tarde sua colaboração acabaria. Portanto, desta vez não deve ser só isso.

— E aí? — eu o encorajo.

Ele olha ao redor um instante, então bebe um longo gole. Seca os lábios e declara:

— Bem, depois eu gostaria de continuar trabalhando como arquiteto... Mas num lugar meu. Queria abrir um escritório.

Acho que sei o que está prestes a dizer, mas espero que ele o faça.

— ...em Veneza — anuncia, no fim.

Bebo um gole de Martini, e meu coração bate forte, tomado por mil emoções diferentes. Fico em silêncio por um segundo e pergunto:

— Então Roma já cansou você?

— Não sei — suspira —, acho que aqui é tudo mais difícil, na minha área, especialmente. Em Veneza eu ainda teria bons contatos... — Coça a cabeça, nervoso. Então me olha nos olhos e continua: — Mas o que você me diz? O que acha disso tudo?

Pois é, o que eu acho? Sei no que vai dar essa história. Embora deseje com todas as minhas forças que não dê em nada justamente agora.

— Do fato de você abrir um escritório só seu? — ganho tempo. Na realidade, sei muito bem que ele está me perguntando algo muito mais importante.

— Não. Sobre Veneza — replica, imobilizando-me com o olhar. — Sobre o fato de irmos morar juntos em Veneza. No fundo, é a nossa cidade...

Pronto, agora não tenho saída.

Obviamente eu e Filippo já tínhamos falado sobre isso antes, mas desta vez parece diferente, uma possibilidade concreta e iminente.

— Poderíamos dividir o aluguel do meu apartamento. — Abaixo o olhar, para refletir por um segundo sobre o que acabei de dizer. — É um pouco pequeno, mas podemos nos adaptar...

— Bibi, eu queria te dar mais.

Encaro seus olhos verdes intensos. Antes de se mudar para Roma, Filippo ainda morava na casa dos pais. Não tanto por causa do conforto, era mais porque estava sempre viajando para estudar ou trabalhar e, consequentemente, não sentia a necessidade de um espaço só seu.

Balanço a cabeça, como se dissesse "como assim, *mais*?"

Naquele momento Filippo começa uma conversa confusa, mas que parece brotar do fundo do coração. Dá para ver que tem dificuldade para encontrar as palavras. Que o importante para ele é o conteúdo.

— Sei que você se mudou para Roma principalmente por minha causa. E agora estou lhe pedindo para se mudar de novo. Quero dizer, não é que eu odeie Roma ou morra de vontade de ir embora, não é isso. Mas depois da última viagem a Veneza, depois de ter visto algumas casas, só de pensar que vivi como um exilado nos últimos dez anos, que meus pais estão envelhecendo e tudo o mais... Não sei, agora me sinto realmente pronto para uma mudança. Para uma vida mais tranquila. Ou, pelo menos, para uma vida diferente.

Concordo enquanto ele processa suas palavras. Nada do que Filippo está dizendo é uma surpresa. É verdade, já discutimos sobre isso, mas de qualquer jeito a ideia de ir embora de Roma tão rapidamente me deixa desorientada. Minha cabeça está repleta de lugares a serem vistos e de coisas a fazer nessa cidade que ainda não tive tempo, mas também de uma imagem fixa, que agora inexplicavelmente se torna cada vez mais nítida: Leonardo.

— Você não vai dizer nada? Consegui deixá-la sem palavras? — Filippo me pressiona, mordiscando uma unha. É um gesto que faz apenas quando está impaciente ou se um assunto é realmente importante para ele. Eu sei, ele não está me pedindo em casamento, mas de certo modo é quase uma mudança maior que isso. Voltarmos a morar em Veneza, juntos. *Para sempre.*

Pego sua mão, segurando-a na minha: queria tanto deixá-lo feliz, mas também desejo ser completamente honesta com ele e comigo mesma.

— Acho que poderia ser realmente magnífico — declaro, tentando parecer menos hesitante do que estou na verdade. Depois eu gostaria de continuar e dizer que talvez seja prematuro, que vale a pena pensar bem no assunto e que não há necessidade de apressar as coisas. Mas Filippo se insinua na minha incerteza, dizendo.

— Eu sei. E, acredite em mim, não estou tentando colocá-la numa situação difícil. Mas... queria lhe mostrar isso. — Solta minha mão e coloca a sua no bolso da jaqueta, tirando um papel dobrado. — Tome.

Eu o abro: é a fotografia de um maravilhoso apartamento reformado com vista para o Grande Canal.

— Gosta? — pergunta, com uma luz especial nos olhos: é muito, muito evidente que resposta espera.

— Claro... É lindo — digo, passando os olhos na descrição embaixo da foto: três quartos, dois banheiros, amplo terraço com mirante, varanda coberta, vaga particular para barco. Como eu poderia não gostar? Levanto o olhar do papel e exclamo: — É realmente fantástico, Fil. Não tenho palavras. — Suspiro e engulo. — Mas ainda é cedo para pensar nisso, não acha?

Pronto, finalmente eu disse.

— Claro, por enquanto é só uma ideia — ele se apressa a dizer. — Foi reformado por um amigo e queria mostrá-lo a você, antes que alguém o roube de nós!

Olho a fotografia novamente, e desta vez o preço também, estampado em letras pequenas abaixo.

— Mas não é exatamente barato... — murmuro.

Filippo concorda, escondendo um sorriso.

— Cabe no nosso orçamento? — pergunto.

Ele abaixa os olhos e balança a cabeça. Então me encara e diz, sério.

— Talvez. Por enquanto vamos sonhar. Depois, quem sabe...

Após um instante, felizmente, a tensão se desfaz e o clima entre nós fica leve outra vez. Rimos mais que de costume, trocando piadinhas maliciosas e fantasiando sobre o fim de semana que nos espera na Toscana, mas não consigo me libertar do peso daquela conversa pendente e, quase para contrastar, o pensamento em Leonardo volta mais forte que antes. Sinto-o como uma presença viva, real, como se tivesse vindo se sentar entre mim e Filippo e estado ali o tempo todo nos escutando enquanto falávamos do nosso futuro.

Estamos nos preparando para ir para a cama. Filippo está no banheiro. Eu sempre o deixo ir primeiro, já que ele demora pouquíssimo e por sorte não tem que passar o creme firmador no bumbum e nas coxas como eu faço. Voltei a usá-lo há poucos dias, desde aquele passeio na praia não programado, para ser exata.

Meu iPhone está na mesinha de cabeceira, inocente e silencioso, acima de qualquer suspeita. Dentro, porém, tem uma bomba pronta para explodir: a mensagem de Leonardo, que ainda não escutei. Eu o olho como se fosse um predador perigoso, então estico a mão e o agarro. Se não a escutar agora, provavelmente não vou dormir a noite inteira: resumindo, não terei paz.

Assim, decido que farei isso, mas não na frente de Filippo; no banheiro, depois dos meus inúteis rituais de beleza. Alguns segundos mais tarde, ele acabou de escovar os dentes e é a minha vez. Tranco a porta e abro a água da pia, fazendo-a escorrer no máximo. Sei que são precauções completamente ridículas e, se eu fosse só um pouco mais lúcida, riria de mim mesma, mas agora não consigo.

Evito cuidadosamente me olhar no espelho enquanto pego o telefone e o encosto no ouvido para ouvir a secretária.

— Elena, aqui é Leonardo. Estou voltando agora da Sicília. Amanhã à tarde tente tirar uma folga no trabalho. Quero levá-la a um lugar. Não invente desculpas. Eu não aceito.

Ai, meu Deus. Será possível que uma simples mensagem de voz de dez segundos faça com que eu queime de novo no mesmo instante? Por um lado, estou curiosa: sabe-se lá aonde ele quer me levar. Mas, por outro, estou confusa e um pouco aborrecida também. Encaro o vazio por alguns minutos, de pé diante da pia, depois escuto outra vez a mensagem, para ter certeza de que ouvi tudo. Naturalmente sim, é somente uma desculpa que digo a mim mesma, então a apago, balbuciando um "Pode esquecer", mais para me convencer do que por outro motivo.

Indignada, escovo os dentes, depois passo no rosto o leite de limpeza e espalho o creme firmador nos pontos críticos. Enquanto volto ao quarto, do corredor encaro Filippo por um momento que me parece longuíssimo. Ele está folheando algo no iPad, talvez uma de suas revistas de design. Abro a boca, fecho, depois abro de novo. Queria dizer algo, mas, em silêncio, me meto novamente no banheiro.

— Não vem dormir, Bibi? — escuto-o resmungar do outro cômodo.

— Já vou — digo, com a voz mais doce que posso.

Tenho que responder a mensagem de Leonardo, decidi. Ignorá-lo poderia parecer uma estratégia. Mas não: o que quero fazer é dar uma recusa nítida e clara, definitiva. Eu informarei, com uma breve mensagem de texto, que ele pode até parar de me procurar, já que, como ele sabe muito bem, estou em um relacionamento feliz.

Estou buscando a mesma determinação que é necessária para engolir um remédio inevitável, mas muito amargo. Sinto uma dificuldade enorme em me manter firme nessa decisão, ela continua me escapando, escorregando de mim como uma cobra. Então respiro fundo e, rapidamente, começo a escrever. Aperto a tecla ENVIAR enquanto um arrepio gélido sobe pelas minhas costas. Percebo tarde demais que meus dedos não obedeceram ao comando da mente, mas a um impulso assassino que partiu da barriga.

Oi. Ouvi sua mensagem.
Combinado amanhã. Você sabe onde me encontrar.

Foi isso que eu digitei. Fecho os olhos e balanço a cabeça. Não tenho salvação. Só faltava desenvolver uma dupla personalidade... Que confusão!

Sinto-me culpada e aliviada ao mesmo tempo, como imagino que se sinta um alcoólatra quando saboreia o primeiro gole de vodca depois de uma longa abstinência. Emoções que aumentam alguns segundos mais tarde, quando meu telefone se ilumina e aparece uma mensagem de texto com o número de Leonardo. Ainda não resolvi se salvo o seu contato de novo, de todo modo não adiantaria muito. Paro bem a tempo na porta do banheiro. Ele não tem o costume de responder as mensagens. Mas agora respondeu.

No mesmo lugar, às quatro.
Boa noite.
Leo

Poucas palavras, nada de especial: e então por que eu me sinto especial? Chega, agora. Tenho que reunir todas as minhas forças e voltar para lá. Filippo está me esperando com o abajur ainda aceso e acho que não está com muita vontade de dormir. Não imediatamente. Não antes de ter feito amor.

Quando volto ao quarto, descubro que acertei. O que vejo em seus olhos é o desejo, até mesmo a devoção, uma profunda necessidade de mim. Procuro sua língua, depois tiro sua camiseta, deixando seu tórax nu. Então ele me pega pela bunda, enquanto eu escorrego minha mão sobre sua ereção, acariciando-o através da cueca. Enfio os dedos debaixo do elástico e abro caminho entre seus pelos. Aperto-o forte. Ele solta um gemido gutural. Em um segundo livra-se da cueca.

Filippo tira meu baby-doll, percorrendo meu pescoço com a língua, até os ombros, depois se inclina entre minhas pernas, beijando-me os lábios molhados: eu o quero, embora neste momento meu desejo seja impreciso, confuso, e por isso procuro o contato visual com ele.

Por um instante congelante os olhos de Leonardo se sobrepõem aos de Filippo, que justamente naquele momento está me dando prazer. Arqueio as costas e gozo. Eu quero Filippo com toda a minha força, apesar de ter escrito aquela mensagem ao *outro*. Porque ele me quer. Porque ele me ama. E, portanto, eu também o amo.

Assim, quando Filippo monta em cima de mim para me penetrar e começa a se mexer, adapto-me ao seu ritmo e o abraço. Sou sua. Pelo menos aqui, pelo menos agora.

No dia seguinte, no trabalho, é a história de sempre. Tenho que aguentar os resmungos de Paola, que está aborrecida comigo porque estamos atrasadas com o cronograma e me repreende a cada mínima imprecisão de cor. Não sei mesmo como lhe dizer que esta tarde devo ir embora mais cedo. E Martino nem está aqui para tornar o clima um pouco mais leve. Desde o dia em que me viu sair da igreja com Leonardo eu não o encontro. De vez em quando sou invadida pela dúvida de que ele ficou mal com a história, que de algum modo não me vê apenas como uma amiga. Eu ficaria muito triste em perdê-lo por isso. Quando ele está aqui, trabalho melhor, eu poderia ficar horas conversando com ele, e não somente sobre arte.

Enquanto preencho cuidadosamente o caderno de registro, tenho a ideia de perguntar se Paola tem notícias dele. Talvez ela saiba algo.

— Escute, você tem visto Martino ultimamente?

— O garotinho? — Ela me examina com uma expressão quase debochada, abaixando os óculos verde-ácido no nariz. — Se você não sabe dele... — diz, com um sorrisinho sarcástico.

Balanço a cabeça, embora já esteja bem claro para mim aonde ela quer chegar.

— Vamos lá, não se faça de boba — continua, mergulhando o pincel no pote do vermelho. — Até parece que ele vinha aqui pra ver os quadros de Caravaggio. Era pra ver você.

— Pare com isso... Mas do que você está falando! — Fecho o caderno e dou uma misturada na cor. — Ele tem que fazer uma prova. Talvez esteja em casa estudando.

— Elena, não dê uma de ingênua, por favor: aquele lá está caidinho por você — responde, começando a falar em dialeto romano.

Não rebato, mas na realidade acho que Paola possa estar certa. Tudo bem, chegou o momento do comunicado. Respiro fundo, imposto a voz e começo:

— De todo modo, queria dizer que hoje tenho que ir embora às quatro.

— Como é? O que disse? — exclama, fazendo o andaime balançar.

— Que vou embora às quatro — respondo, tentando manter uma voz calma e profissional.

— Faça como quiser. — Não diz mais nada, mas vejo que está aborrecida.

— Tenho um compromisso importante — procuro me justificar. — Não posso desmarcar.

— Está bem — resmunga, buscando parecer compreensiva. — É só depois você não reclamar que está atrasada com o trabalho — conclui, com um tom vagamente ameaçador.

Sinto-me culpada apesar de não ter um motivo, pelo menos em relação a ela. Neste momento, Paola é uma projeção da minha consciência, e está me dizendo para ficar no meu lugar, para não correr atrás de distrações perigosas. Mas agora, infelizmente, não estou com a menor vontade de ouvir a consciência: eu decidi, já o havia feito desde ontem à noite, se esse é o problema. Não deixei e não vou deixar de amar Filippo, mas a atração que Leonardo exerce sobre mim é forte demais para eu resistir.

Desço do andaime e me preparo para sair da igreja.

Às quatro em ponto estou na piazza Sant'Andrea. Uso um vestidinho leve e sandálias de amarrar. Geralmente vou trabalhar de calça, mas hoje trouxe uma muda de roupa — é como se cada encontro com Leonardo fosse o primeiro — e me arrumei às pressas na sacristia. Não faria nenhum sentido me privar desse toque de feminilidade.

Leonardo chega pontualmente em sua moto, me dá o capacete e abre espaço para mim no assento. Dou impulso no pedal sem hesitação e agarro-me a seus quadris com uma pegada segura. Estou pronta: estou disposta a ir a qualquer lugar aonde ele queira me levar.

Depois de vinte minutos costurando no meio do trânsito, percebo que estamos na periferia leste da cidade. Não reconheço a área, mas me parece um antigo bairro operário, com galpões e grandes estruturas transformadas em moradias. A moto para no meio de uma praça pavimentada com pedras, diante de uma grande construção que leva todo o jeito de ser uma fábrica desativada. Atrás, vislumbra-se um pequeno rio: imagino que seja o Aniene, um afluente do Tibre.

— Venha, vamos entrar — Leonardo me convida, me dando a mão.

— Vamos lá dentro? — pergunto, um pouco hesitante. Ainda não consigo entender por que me trouxe até aqui, mas ele, como sempre, não liga nem um pouco para minhas dúvidas e me guia determinado.

— O que foi? Tem medo que eu rapte você? — pergunta com uma risadinha irritante.

Sorrio. Talvez a ideia não me desagrade completamente.

Leonardo indica um letreiro descascado na fachada da construção.

— Era uma fábrica de biscoitos — explica. — Mas está fechada há anos. — Então, com um empurrão decidido, abre o portão de ferro e entra antes de mim.

O cheiro de ambiente fechado é fortíssimo. O interior é um imenso galpão invadido por poeira e teias de aranha. Está quase vazio, exceto por algumas máquinas cuja função não entendo bem e uma esteira rolante no meio. Ao fundo, vidraças enormes com as esquadrias de ferro batido dão diretamente para o rio: o ambiente tem uma espécie de fascínio poético e decadente.

— Então, o que você acha? — Leonardo me pergunta.

— Depende do que você quiser fazer num lugar assim. Fora me raptar, quero dizer.

Ele passa o braço em volta das minhas costas.

— Eu quero comprá-lo junto com um sócio — me explica, orgulhoso. — Quero abrir um restaurante aqui.

— Bem, então eu acho fantástico!

— Fico contente que você goste. — Ele me olha, depois dá um passo em direção ao centro do local e o percorre com o olhar. — Este lugar tem uma alma, eu sinto. Imagine quantas pessoas, quantas histórias passaram por aqui. E eu quero lhe dar uma segunda vida.

Quando fala de seu trabalho e de suas paixões, Leonardo deixa entrever outro lado seu. Continua sendo um homem de temperamento forte e instintivo, mas também demonstra uma profunda sensibilidade.

De repente se vira de novo, volta na minha direção e tira um cacho de cabelo do meu rosto.

— Se eu também pudesse ter outra vida... — diz, com um tom melancólico, mas deixa a frase pela metade para experimentar meus lábios.

— E o que você faria em outra vida? — eu o pressiono, interrompendo aquele beijo com um esforço incrível.

Ele sorri, acaricia meus quadris e depois escorrega as mãos até a minha bunda, levantando meu vestido.

— Não importa o que eu fizesse, mais cedo ou mais tarde eu iria buscá-la, onde quer que você estivesse, e a traria aqui para fazermos amor.

Aperta minha bunda e me puxa para si até imprimir sua ereção no meu ventre. Tem aquele olhar intenso de quem está prestes a conseguir o que quer. E sabe que eu também quero.

Já me sinto pronta para recebê-lo dentro de mim, mas decido adiar o prazer e dar um pouco de prazer a ele. Assim, ajoelho-me e desabotoo sua calça, deixando-a cair no chão junto com a cueca: pego seu pau nas mãos e o observo. Seu sexo duro está pronto para gozar e me fazer gozar, e só de olhá-lo sinto um arrepio pelas costas. Não resisto mais e começo a lambê-lo, enquanto Leonardo segura meus cabelos, entrando cada vez mais na minha boca. Mas ele só me permite saboreá-lo por alguns instantes, porque logo, com um gesto quase violento, se solta dos meus lábios e me faz levantar.

Então, dobrando-se levemente sobre os joelhos, envolve minhas pernas e me levanta nos braços, afundando o rosto no meu seio. Ele me morde através do tecido, avança alguns passos e me coloca sentada na esteira rolante.

Olho ao redor um pouco incerta, enquanto ele levanta meu vestido. Antes que eu me dê conta, agarra a minha calcinha com as duas mãos e então, com um puxão, arranca-a. Deixo escapar um leve gemido de surpresa quando sinto, logo depois, sua língua em mim, como uma onda de prazer. Enquanto me chupa, Leonardo acaricia meus peitos, fazendo cócegas na minha marca em forma de coração. Sua língua corre por toda a parte, das coxas ao clitóris, enquanto seus dedos tiram meu sutiã, libertando meus mamilos.

Agora, mãos e lábios trocam de lugar e fecho os olhos, aperto sua cabeça contra o peito e deixo seus dedos entrarem em mim. Então Leonardo se solta, como se tivesse sido tomado por um êxtase, levanta minhas pernas com ímpeto e me obriga a me deitar de frente para ele.

Estou sem fôlego. Uma vontade obscura e crescente escorre em minhas veias, meu corpo é sacudido por tremores. Eu tenho que possuí-lo. Ele tem que entrar em mim.

Leonardo está por cima e, com um gesto implacável, segura o cinto do vestido e o arranca dos passadores, rasgando a seda do tecido.

Dando meia-volta em torno da máquina, pega meus braços e os ergue acima da cabeça. Mesmo se eu quisesse, não poderia me opor: seu gesto é autoritário, categórico. Junta meus pulsos e os amarra firme com o cinto, prendendo a extremidade em um gancho metálico ao fundo da esteira rolante. Então me observa.

— Talvez raptar você não fosse mesmo uma má ideia — brinca Leonardo, com um sorriso safado. — Eu poderia mantê-la aqui pra sempre e me aproveitar de você todas as vezes que eu tivesse vontade.

Pronto, aí está ele de novo: forte, dominador, comandando tudo. Instintivamente tento me soltar, mas o nó aperta cada vez mais em volta do meu pulso. Ele pousa a mão aberta no meu rosto, depois a faz correr para baixo, sobre o pescoço, e, enfim, agarra meus seios e os descobre mais ainda, abrindo meu vestido. Morde os mamilos, depois os aperta entre polegar e indicador, provocando centelhas de prazer e me obrigando a morder os lábios para não gritar.

Inclina-se para me dar um beijo rápido, e então, passando a língua nos dentes, como se quisesse prolongar meu gosto, levanta-se de novo e tira a camiseta. Agarra e abre minhas coxas, puxando-me para si. A parte de baixo do vestido escorrega sobre a esteira e me paralisa, não posso mais me mexer, estou completamente em seu poder.

O contato com sua ereção me faz estremecer. Meu corpo acende-se de desejo, enquanto arqueio as costas. Estou pronta para recebê-lo. É o momento.

Mas Leonardo sabe disso e me deixa esperando. Mais. Não me penetra imediatamente, esfrega-se em mim em uma sensual e torturante carícia. Segurando seu pau com a mão, tortura meus lábios, abre-os, explora-os, acaricia-os, mas nunca chega até o fundo. Acho que vou enlouquecer e solto um gemido quase desesperado. Sacudo as pernas como se quisesse me rebelar e ele sorri, sádico.

— Não seja impaciente, Elena.

Enquanto diz isso, com um movimento repentino está dentro de mim, mas apenas por um instante. Apenas o tempo de intuir o que está me negando e depois se retira novamente, deixando-me atordoada e insatisfeita.

Leonardo continua sua tortura, entrando e saindo logo em seguida mais duas vezes. Solto outro gemido raivoso e ele ri. Alto. Sem vergonha.

Então me penetra ainda mais violentamente. Um impulso depois do outro, depois mais outro, cada vez mais fundo. Grito, porque é isso o que ele quer, invadida afinal por aquele prazer que eu ansiava desesperada. Leonardo agora não ri mais, está com os olhos vivos, a boca contraída o suficiente para que eu perceba os dentes brancos e ferozes, uma veia incha seu pescoço e seu corpo é um conjunto de músculos tensionados no esforço. Sinto-o vibrar sobre mim, dentro de mim. Sinto seu desejo se confundir com o meu.

Antes ainda de atingirmos o orgasmo, estamos dilacerados pela intensidade do nosso prazer. Nesse momento eu gozo com um berro engasgado, sacudida da cabeça aos pés por uma tempestade sensorial.

Ele me segue após poucos instantes e desaba sobre meu corpo indefeso, abandonando a cabeça em meu seio e molhando de suor e sêmen o que sobra do meu vestido.

Minutos infinitos. Minutos que têm o peso de uma eternidade. Minutos que, já sei, vão colorir de desejo renovado as próximas horas, os próximos dias.

Depois que Leonardo me desamarra, vou me sentar na esteira rolante, alisando os pulsos e ajeitando o vestido estragado. Minha calcinha, como eu imaginava, não tem salvação. Ele se encosta à máquina ao meu lado, parece feliz com o que vivemos. Apoio a cabeça em seu ombro. Estou invadida por um sentimento de satisfação que se parece perigosamente com a felicidade. Mas é uma felicidade passageira, que dura apenas poucos instantes, para depois dar lugar a um mar de dúvidas. E à maré escura do sentimento de culpa.

— Nunca sei o que esperar de você — começo, quebrando o silêncio. — Você vai embora, volta, some, volta de novo.

Leonardo vai para a minha frente e coloca as mãos atrás da minha nuca. Talvez tenha intuído que conversar sobre isso é importante para mim. E parece interessado.

— E isso a aborrece, a faz sofrer?

— Não exatamente. — Abaixo os olhos. — Isso me desestabiliza, eu não entendo. Cada vez eu me acostumo com a ideia de que não vou ver mais você, é isso.

Digo isso porque é verdade, embora saiba com certeza que Leonardo me quer, vejo isso pelo modo como me procura e como faz amor comigo. Porém não sei até que ponto, e é claro que ele não me revela seus pensamentos mais íntimos. De repente me vem outra vez à cabeça sua tatuagem nas costas, aquele símbolo estranho cujo significado não consigo intuir. Mas fico quieta. Já tentei perguntar sobre isso, obtendo como resposta um muro de silêncio, lembro bem. Por isso, avanço um pouco mais na minha tentativa de abrir uma brecha no mistério desse homem que teima em se esconder.

— Eu só queria entender o que se passa na sua cabeça, Leo. Queria saber aonde isso tudo nos levará, de que jeito podemos continuar.

Mordo a língua para me obrigar a me calar. Eu me enfiei em um beco sem saída, percebo isso tarde demais. Estou pedindo explicações ao homem ambíguo por definição. Esta conversa, eu sei perfeitamente, não vai dar em nada.

— O que acontecerá amanhã, daqui a um mês ou a um ano não me interessa, Elena — ele responde, sustentando meu olhar. — Não faço planos, só sigo meu instinto. Estamos aqui porque nós dois desejávamos, isso é tudo. E deveria ser suficiente para você.

Afasta-se de mim, dando um pequeno passo para trás.

— Sou o mesmo homem que você conheceu em Veneza, com todas as limitações, e não posso fazer promessas nem pretender nada. Não tenho o direito de lhe pedir algo porque não tenho nada para lhe oferecer em troca.

— Ou talvez essa seja somente a história que você gosta de contar a si mesmo — murmuro, engolindo a saliva. Decidi provocá-lo. — Você diz uma coisa, mas faz o contrário com suas ações. E principalmente com seu corpo. — A brincadeira está ficando séria.

Ele balança a cabeça, gostaria de negar tudo, mas eu a pego nas mãos e seguro firme. Tenho certeza de que vejo algo no fundo do seu olhar, algo que arde por mim.

— Não é só sexo, Leonardo, nós dois sabemos disso. — É uma afirmação que sai de mim sem controle, com uma coragem que eu não achava que tivesse. As palavras sobem de algum lugar dentro de mim, sem que eu possa detê-las.

Ele agarra meus ombros, olhando-me fixamente nos olhos.

— O que você quer que eu diga, Elena? Que a desejo? Sim, eu a desejo, e muito. Que isso entre nós é verdadeiro, intenso e único? É. E não tenho mais o controle que achava que tinha. Mas não importa. Porque eu não posso lhe dar o que você quer: nunca vou pedir que deixe seu namorado e mude sua vida por mim. Simplesmente porque nós dois não fomos feitos pra ficarmos juntos.

Eu queria gritar que nunca vamos saber, pelo menos enquanto não tentarmos. Infelizmente não tenho essa força, não sou capaz de rebater, não sou capaz de combater sua vontade obstinada e o lado obscuro que o esconde do meu olhar. Por trás do Leonardo que vejo existe outro, tenho certeza, que começa a me dar medo. Mas suas palavras, sinceras ou falsas, machucam e preciso me defender de algum jeito.

— Tudo bem. Como você quiser — digo, humildemente, descendo da esteira rolante com um pulo. — Mas agora me leve de volta pra casa, por favor.

Leonardo abaixa os olhos e os levanta de novo por um instante. Queria dizer algo, mas está se segurando. E não tenho mais coragem de insistir. Assim, nós nos encaminhamos para a saída, em um silêncio opressor.

De repente sinto-me decepcionada, enfraquecida, maltratada, vejo as manchas vermelhas nas pernas, meu vestido rasgado, a maquiagem desfeita, o cabelo desarrumado. Uma guerreira derrotada. São as marcas de uma paixão impossível, de uma guerra que nunca vou conseguir vencer.

Do lado de fora o sol ainda está alto, mas não esquenta. Enquanto a moto se perde pelas ruas de Roma, uma nova certeza abre caminho em mim: se eu não fizer minha escolha agora, Leonardo vai continuar me magoando. Porque seu passado é uma ferida que ainda não parou de sangrar. E que ninguém, talvez, poderá fechar um dia.

# 6

Esta noite, para o jantar, resolvi me esforçar e cozinhar. Preparei para Filippo bolo de batata e peito de frango grelhado, a única combinação que consigo fazer decentemente, e parece que ele gostou, a julgar pela velocidade com que limpou o prato.

— Delicioso — comentou no fim, lambendo os beiços, e com seu veredito me convenceu de que talvez como cozinheira eu não seja tão ruim como pensava.

Agora estamos arrumando a cozinha juntos. Eu lavo a louça; ele enxuga. Como amanhã finalmente vamos viajar para o nosso fim de semana na Toscana, não quero deixar as coisas na máquina de lavar louça por três dias. Filippo amarrou na cintura meu avental azul com a imagem da Mafalda — só porque sabe que me faz rir vestido assim — e está passando o pano em pratos e copos como se daquela tarefa dependesse o destino da humanidade. É tão engraçado, às vezes! E talvez seja justamente esse o lado que mais amo nele.

Leonardo está sumido, há dias. Não deu mais sinal de vida e eu não o procurei, nem quando a tentação foi tão forte que me deixou sem fôlego. Tomei uma decisão afinal.Talvez só com a cabeça, mas está tomada: acabou tudo entre nós. Eu já começava a me iludir e, felizmente, as palavras que ele me disse da última vez tiveram o efeito de um brusco, mas saudável, despertar: "Não fomos feitos pra ficarmos juntos." Pensei bem nisso e, no fim, tive que lhe dar razão: não quero um homem que me pega e me deixa como e quando está a fim, que me deseja em dias alternados, que me desorienta com seus silêncios e com seus mistérios, que me concede apenas umas migalhas de si mesmo. Leonardo foi uma aventura excitante, mas agora é hora de voltar à vida real, aquela que, a esta altura, divido com Filippo.

Assim, com a consciência um pouco prejudicada e as imagens dos meus pecados bem impressas na mente, voltei para Filippo e me dediquei ao nosso amor. Tenho vontade de passar o máximo de tempo possível com ele, pedi que me acompanhasse ao trabalho ou ao supermercado, fui até a frente do escritório dele todos os dias para almoçarmos juntos, planejei nossos jantares arriscando-me em experimentos culinários com resultados duvidosos, deixei até que me convencesse a ir à academia com ele. Procurei seu contato físico, tanto à noite no nosso quarto, quanto de dia com pequenos gestos em público. Disse-lhe com frequência que o amo, mas nunca de forma automática, e sim me concentrando no significado profundo do verbo "amar": compromisso, companheirismo e dedicação tornaram-se minhas palavras de ordem.

Eu vou conseguir, tenho certeza. Talvez nunca seja capaz de apagar completamente a lembrança da traição, mas logo tudo voltará ao normal ou, pelo menos, a ser como antes do meu aniversário. Não vejo a hora de chegar, quando pegaremos o trem para Siena, prontos para mergulhar na paz das colinas toscanas.

Estou pensando nisso enquanto afundo as mãos na água quente cheia de espuma. Percebo o quanto sou sortuda de estar aqui: dei minha pequena escapada, tirei umas férias curtas da nossa relação, mas agora estou de novo em casa. E é exatamente aqui que quero continuar a estar.

— Já arrumou seus baús? — Filippo brinca. Ele me conhece bem, e sabe que não coloco exatamente o essencial na mala.

— Ainda não. Não tive tempo.

— Nós vamos pra Toscana, Bibi, não pra uma barraca no deserto! — Ele me olha com ar tolerante, como se pudesse compreender toda a minha ansiedade. — Se faltar algo, você pode comprar lá.

— Vou fazer o meu melhor, mas não garanto nada. — A cada viagem sempre prometo a mim mesma levar metade da bagagem a que estou acostumada, mas é uma resolução destinada ao fracasso, já que antes de fechar a mala sempre acho algo para enfiar no último cantinho vazio, algo que precisamente me parece de vital importância.

— Pelo menos os livros, você não precisa de tantos!

— Tudo bem, Fil. Não levo os livros, se você largar o iPad aqui — proponho.

— Combinado — ele sorri, aproximando-se por trás e beliscando meu quadril. — Vamos ter coisa melhor pra fazer do que ler.

Dá um pequeno beijo na minha nuca e depois afunda nariz e lábios no meu pescoço. Inclino minha cabeça e a encosto na sua para aproveitar aquele contato doce e familiar.

— Você quer dizer excursões e visitas aos museus, certo? — brinco com ele, e sinto sua respiração quente na minha pele quando explode em uma risada.

— Vamos falar sobre o assunto — sussurra, apertando meus seios.

Sem pressa, tiro a tampa da pia e deixo descer a espuma, então enxugo as mãos e viro-me para ele, decidida a esclarecer a questão. Mas naquele momento ouço o toque fraco do celular na bolsa largada no sofá. Solto-me de Filippo contra a vontade e corro até lá antes que entre a secretária. Não tenho ideia de quem possa estar me ligando a essa hora, e como já falei com Gaia e com minha mãe antes do jantar, duvido que seja novamente uma das duas. Suspeito de outra pessoa... Pego o iPhone. Quando vejo *aquele* número no visor, meu coração começa a bater mais que o normal e um fio de suor frio percorre minha coluna.

Leonardo. O que quer agora? Não quero saber e não tenho a menor intenção de falar com ele.

— Não vai atender? — grita Filippo do quarto.

Recuso rapidamente a chamada.

— Não estou a fim. É Paola — explico, limpando a garganta. — Vou mandar uma mensagem pra ela.

Pobre Paola! Você é sempre protagonista das minhas mentiras de adúltera. Você não sabe, mas está salvando minha vida. E algo me diz que algum dia saberei lhe agradecer.

Com dedos rápidos, digito uma mensagem de texto definitiva que nasce do meu coração.

Fiz minha escolha.

Se tiver pelo menos um pouco de consideração por mim, não me procure mais.

Antes que eu possa me arrepender do que escrevi, aperto ENVIAR. Sei que desta vez não volto mais atrás. Agora acabou mesmo, porque sou eu quem quer.

Vou até Filippo na cozinha e, escondendo o rosto em brasa, começo a limpar a superfície de mármore e o fogão e a arrumar os pratos no guarda-louça, como se tivesse sido atacada por um repentino entusiasmo doméstico.

Ele aproxima-se e segura minhas mãos superocupadas.

— Ei... — Vira-me em sua direção e me abraça pela cintura. — Eu e você tínhamos um assunto a resolver ou estou enganado?

Em vez de responder, afundo a cabeça em seu peito e agarro-me em seus braços, como se não quisesse mais deixá-lo ir. Filippo me abraça forte e depois me beija. Quer fazer amor, e eu também preciso sentir-me sua agora.

Às cinco horas de sábado à tarde estamos dentro do nosso cartão-postal, mergulhados no sossego do interior da Toscana: oliveiras, vinhedos, campos de trigo e vastidões de girassóis a perder de vista.

O táxi em que estamos viajando acabou de atravessar um portão branco de ferro batido e em baixa velocidade está percorrendo a estradinha rodeada por ciprestes que leva ao nosso hotel. Estou emocionada. Cada molécula do meu corpo é pura felicidade. Seguro firme a mão de Filippo no assento, enquanto pela janela tento guardar as imagens de cada canto deste lugar mágico, depois me aproximo de seu ouvido e sussurro um "obrigada" que tem gosto de beijos e carinhos.

O resort, uma antiga casa de sítio reformada, é de tirar o fôlego, começando pelas rosas que emolduram a entrada e pelos vasos de barro, cheios de gerânios vermelhos, dispostos debaixo da arcada.

Depois de pagar ao taxista, entramos no saguão. Filippo carrega no ombro sua bolsa esportiva e com dois dedos arrasta minha mala de rodinhas pesadíssima, incrivelmente volumosa. Como era previsto, também desta vez consegui transformar a bagagem em um baú de mercadorias.

O hotel é muito acolhedor. E manteve o charme simples mas elegante dos palácios cheios de história, sem perder de vista o requinte: o piso de tijolos florentinos recobertos por tapetes feitos à mão, as luminárias e os móveis de época, as gravuras de artistas famosos penduradas nas paredes, uma coleção de livros antigos exposta na estante de madeira maciça. E, além disso, maços de flores frescas em diversas tonalidades de branco, cenograficamente dispostos em vasos de porcelana fina.

— Não tenho palavras — exclamo, admirando a enorme lareira de pedra e mármore —, este lugar é um conto de fadas.

Filippo aponta minha mala, desconsolado:

— De algum jeito precisávamos justificar sua bagagem de princesa.

— E onde estaria o príncipe encantado? — pergunto eu, caindo das nuvens. Ele me segura pelo cangote como um gatinho e me sapeca um beijo punitivo nos lábios. Eu o olho e me sinto cheia de orgulho: hoje ele parece um daqueles modelos um pouco mauricinhos das propagandas de Hugo Boss: camisa polo listrada, bermuda cáqui e mocassins de couro.

Nos dirigimos à recepção, onde uma morena com um decote generoso nos dá as boas-vindas. Na plaquinha pregada no peito dela leio o nome Vanessa.

— Vocês têm reserva? — pergunta, exibindo um genuíno sotaque toscano.

Filippo a observa e, em um instante, o rapaz direito dá lugar ao macho autoconfiante, que, até aquele momento, estava adormecido em algum cantinho de seu cérebro.

— Sim. Temos reserva — responde, deixando o olhar cair sobre as formas sensuais de Vanessa.

— Em nome de quem? — ela faz eco, batendo os cílios grossíssimos.

— De Nardi — eu respondo pelos dois, enfatizando o máximo possível as palavras e encostando-me a Filippo. Sinto a necessidade de marcar território para acalmar a repentina onda de ciúme que me atravessa. Só agora percebo que é uma das primeiras vezes que sinto ciúmes dele e não sei dizer se isso é preocupante ou tranquilizador.

De todo modo, Vanessa parece captar minha mensagem, já que ela sorri, concorda e, digitando no teclado, diz:

— Aqui está. Duas noites para duas pessoas. — Então faz nosso checkin e nos dá algumas informações sobre o resort, antes de entregar a chave do quarto a Filippo e nos desejar uma maravilhosa estadia.

Nós lhe agradecemos e, alguns minutos mais tarde, estamos sozinhos na nossa elegantíssima suíte cor de púrpura, com vista para as doces colinas de Siena. É um ambiente quente, acolhedor, com uma decoração sofisticada e sem dúvida cara. Como no saguão, aqui também há uma lareira de pedra: pena que não podemos acendê-la, já que lá fora faz 30°C! Uma bancada de mármore de qualidade apoia uma novíssima televisão Bang & Olufsen, que quase contrasta com a escrivaninha antiga com o tinteiro de época do outro lado do quarto. Mas o toque a mais é dado pelo nicho na parede: duas taças de cristal, uma taça de morangos ainda cobertos por gotinhas d'água e, para completar, o balde de gelo com uma linda garrafa de vinho branco borbulhante das colinas de Siena. Estávamos precisando mesmo disso!

Filippo pega as taças, encaixando-as entre os dedos.

— Gostaria de um aperitivo, senhorita? — pergunta em tom formal, como faria o garçom de um restaurante luxuoso.

Entro na brincadeira.

— Com prazer, monsieur — respondo, com uma meia reverência e um sorriso.

Um instante e meu pedido é logo atendido.

— Que espetáculo! — exclamo, abrindo a janela e admirando a paisagem.

— Tudo pra gente, Bibi — ele declara, inspirando o ar límpido e cheiroso. Depois passa o braço em volta dos meus ombros e, aproximando-se, sussurra: — Pode dizer pra aquele ridículo do príncipe encantado que ele não pode competir comigo. — Então passa a língua no meu ouvido, fazendo-me cócegas.

Retraio-me rindo, enquanto ele vai para o meio do quarto e abre sua bolsa.

— Vamos à piscina antes do jantar? — diz, enquanto procura a sunga. Então começa a tirar a roupa, explodindo em uma comovente interpretação de um clássico do seu repertório de Lucio Battisti, *La collina dei ciliegi.*

Abro minha mala e também começo a me despir. Não sei por quê, mas enquanto tiro a camiseta e observo no espelho meu seio pálido, o corpo sedutor de Vanessa começa a invadir meus pensamentos.

— Bonitinha a garota da recepção — digo com indiferença, amarrando o sutiã do biquíni.

— É, muito. — Ele cai que nem um patinho.

— Então você confessa? — Eu o imobilizo com o olhar, colocando as mãos nos quadris como fazia minha mãe quando tinha que me repreender.

— Confesso o quê? — diz ele, com ar inocente.

— Que você a estava comendo com os olhos, seu cretino horroroso — e, dizendo isso, começo a enchê-lo de socos nos braços, um pouco de brincadeira e um pouco de verdade.

Filippo protege-se das pancadas e me deixa continuar, quase se divertindo. Depois segura meus pulsos e me detém.

— Já acabou? — me pergunta, com extrema calma.

— Cretino! — grito mais uma vez, tentando me soltar.

— Tudo bem, confesso que sou um cretino — diz, beijando meu pescoço com voz doce e sensual —, mas só com a minha namorada, eu juro.

Abaixo o olhar sobre seu peito musculoso e sem pelos de adolescente e sinto que uma atração irresistível está nos invadindo. Seus olhos adquiriram um verde mais intenso, como se o desejo lhes tivesse dado uma luz nova. Inclina-se e toca de leve meu ombro e a base da orelha com o nariz, passando os dedos entre meus cabelos.

— Não devíamos ir para a piscina? — murmuro.

— Depois... — Começa a me beijar na ponta da orelha, apertando meus cabelos. Puxa minha cabeça suavemente para trás, expondo meu pescoço a seus lábios, que, rápidos, sobem até meu rosto.

Por um instante penso que muitas mulheres reclamam de seus homens porque pulam as preliminares. Ele não. Ele nunca se esquece de me beijar.

Agora fica atrás de mim, diante do espelho que cobre a parede inteira, e com delicadeza desamarra o sutiã do meu biquíni. No mesmo instante toda a minha pele fica arrepiada e os mamilos parecem pontas de diamante. Filippo abre o primeiro botão do meu short e abaixa o zíper. Então, continuando a beijar meu pescoço e colocando os polegares nos meus bolsos, escorrega-o pelas minhas pernas junto com a calcinha.

Agora estou nua em frente ao espelho, enquanto ele está ajoelhado atrás de mim, os braços enroscados em meus joelhos. Subindo, passa a língua pela linha das pernas e morde minha bunda com delicadeza, fazendo-me estremecer. Encostando o rosto ao meu e olhando nossas imagens refletidas, apoia sua mão quente na minha barriga.

— Você é linda — murmura, dando mordidinhas no meu ombro.

— Você também. — E é muito mais do que eu, penso.

Filippo pega minhas mãos, cobrindo-as com as suas, palmas sobre dorsos, depois as pousa em meu ventre e as move lentamente, subindo em direção ao seio. É uma massagem dupla: minha pele sobre a minha pele, protegida pela sua. E é tão erótico que me faz gemer com os lábios entreabertos. Meus suspiros aumentam quando ele enfia uma perna entre as minhas, fazendo-me afastar os pés, e passa nossas mãos sobre o meu sexo molhado de desejo. Sinto sua ereção me pressionar enquanto um calor me sobe pelo corpo todo.

Filippo tira rapidamente o calção de banho e me empurra para a cama. Nós nos procuramos com a mesma vontade de sempre, mas nossos corpos estão tomados de uma energia diferente, como se estarmos neste lugar tornasse tudo novo. Beijando-me, entra lentamente em mim já pronta para recebê-lo, e me preenche. Mexe-se seguro, explorando um mundo conhecido, fazendo-me vibrar de prazer a cada novo impulso. Seu corpo tem um gosto familiar, sua respiração, a batida do coração, sua carne são certezas sólidas e tranquilizadoras. O sexo com ele é um ritual, a celebração vital do nosso amor. Ele me penetra mais fundo e seu ritmo torna-se cada vez mais rápido, até que nossos gemidos de prazer viram gritos e nossos corpos explodem juntos em um violento orgasmo.

— Te amo. — Sua voz é um sopro. Seus braços me abraçam fortíssimo, como eu gosto.

— Eu também. — Te amo, Fil, eu também. Queria repetir isso de novo e ficar aqui para sempre, em seus braços sinceros e fortes, perdendo-me em seus olhos.

É o orgasmo mais verdadeiro e poderoso que já experimentamos desde que estamos juntos. Somos dois corpos sem forças, agora. Dois corações batendo num único som. Duas respirações que não param de se procurar.

Filippo levanta-se com calma e vai ao banheiro para abrir a torneira da jacuzzi. Poucos instantes depois vou atrás. A banheira redonda está se enchendo aos poucos. O vapor ergue-se por cima da espuma, acendendo-se de cores que vão do vermelho ao azul-escuro. No ar, um cheiro afrodisíaco de rosa e baunilha. Nada de piscina esta noite, apenas intimidade e paixão no nosso ninho de amor.

Prendo meus cabelos na nuca com um grampo e juntos afundamos na espuma, escondendo-nos no meio das bolhas. Filippo pega meu rosto com as duas mãos e me beija intensamente. Eu o aperto para mim, retribuindo seu beijo com paixão. Eu o amo, nunca tive tanta certeza disso, e estou feliz como não ficava há tempos. Sei que é ele o homem certo a quem amar e por quem me deixar amar. É ele minha rocha, meu porto seguro; enquanto Leonardo foi somente uma perigosa e desesperada aventura. Uma aventura que acabou. Daquele fogo, agora, só resta a cinza.

No dia seguinte, nos levantamos cedo. O romântico jantar à luz de velas com as especialidades do Val d'Orcia acompanhadas do vinho Brunello di Montalcino não nos tirou o apetite. Pelo contrário, parece que nos tornou ainda mais vorazes, tanto que, no café da manhã, nos jogamos entusiasmados no buffet, devorando docinhos de amêndoa feitos em casa, cereais caramelizados, pão fresco e geleias.

De manhã, passeamos a cavalo pelas estradas de terra que avançam por entre as colinas. O contato com essa natureza pura me recarrega de energia. Nunca havia montado em um cavalo antes, e devo dizer que foi menos traumático que subir em uma moto. Obviamente havia um instrutor de equitação conosco. Das explicações técnicas que nos deu, acho que entendi a metade, mas pelo menos consegui não cair, o que já é grande coisa. Filippo, que já sabia cavalgar, não parou um instante de pegar no meu pé, mas de todo modo foi uma manhã fantástica. Adoro quando ele me faz rir até eu não aguentar mais.

À tarde, finalmente, mergulhamos na piscina ao ar livre do resort. Estamos rodeados por um jardim florido que cheira a lavanda e alecrim. Depois de algumas braçadas e alguns metros debaixo d'água, resolvo parar e saio: fico ao sol, deitada em uma elegante espreguiçadeira de pano branco. Não há ninguém em volta: pelo que parece, os hóspedes do hotel não estão interessados na piscina. E não sabem o que estão perdendo: daqui, a vista para os vinhedos e para os vales de Ciliano é sensacional. Parece que estou em um pequeno oásis e neste silêncio revigorante volto a respirar, esquecendo o caos de Roma e do meu coração, que nesta paz parece afinal bater mais devagar.

Depois de um tempo Filippo também sai da água e vem até mim. Está lindo, o corpo magro e harmonioso, um *David* de Michelangelo em carne e osso. Vasculha em sua bolsa, pega o inseparável iPad — que não conseguiu deixar em casa — e deita-se na espreguiçadeira ao lado da minha. Fiel ao papel impresso, começo a folhear uma revista que achei no hall. De vez em quando trocamos um olhar cúmplice, esticamos o braço e saboreamos, das taças que nos serviram, um ótimo Bolgheri Sauvignon.

Deve ser por causa disso também, do clima relaxado, do espírito feliz e do lugar de sonho onde estamos, que me sinto pronta para tocar no assunto que venho remoendo há dias.

E assim começo:

— Sabe, pensei de novo na ideia de voltar a Veneza... e naquela casa que você me mostrou.

Filippo vira-se para mim de um pulo, capturei completamente sua atenção.

Não o decepciono:

— Decidi, estou pronta, Fil. — Esboço um sorriso. — Mas não fique metido, hein! Só estou fazendo isso porque começo a sentir saudade de Veneza — corto o clima.

— Jura? — ele me pergunta, quase desconfiado. Não está com muita vontade de brincar, agora.

— Sim, juro — respondo, quase ofendida com sua perplexidade.

Filippo fica de pé, estende as duas mãos para mim e, quando as seguro, ele me levanta com um puxão. Então envolve minha cintura com os braços, aproximando seu rosto do meu.

— Escute, Bibi — ele me diz com ar paciente, como se estivesse explicando uma coisa complicada a uma criança —, você sabe o que isso significa, não é?

Confirmo, sorrindo. Ele suspira e olha ao redor, ainda não completamente convencido.

— Significa uma casa juntos, um futuro juntos, uma vida juntos. E não sei se você se dá conta... — ele me encara com aqueles olhos grandes e claros, enquanto com os dedos toca de leve as alcinhas do meu biquíni. — Está pronta para dar esse passo?

— Claro que estou! — respondo, decidida, sustentando seu olhar.

— Então vamos! — ele exclama, enquanto me empurra para trás. Vejo um sorriso malandro desenhar-se em seu rosto no momento em que percebo que me enganou e que estou perdendo o equilíbrio. Nem tenho tempo de gritar e caio na piscina, ficando um pouco debaixo d'água antes de voltar à superfície. Filippo também mergulha e nada na minha direção.

— Assim não vale! — rosno, mas com os braços e as pernas já estou enroscada nele, e com os dentes procuro seus lábios.

— Não se preocupe — ele me sussurra, tranquilizador. — Vim salvar você.

Nós nos beijamos apaixonadamente, abraçados como um só corpo, depois Filippo me aprisiona entre ele e a borda da piscina.

— Se você quiser, podemos ir ver o apartamento. Mando um e-mail pra agência e combinamos um fim de semana.

Não sei por quê, de repente um pensamento errado cruza minha mente como um convidado inoportuno que chega para estragar a festa. O que Leonardo está fazendo no meio dos meus planos de felicidade junto com Filippo? O que ele tem a ver com nossos projetos de vida? Nada, absolutamente nada. Devo expulsá-lo.

Enquanto Filippo espera minha resposta, repito a mim mesma que não importa que decisão tomaremos sobre essa casa e nem se vamos nos mudar ou não para Veneza: minha vida continuará, seja como for, sem Leonardo. Por isso tenho que tirá-lo imediatamente do horizonte de possibilidades. Agora sei o que é certo para mim. Assim, exibindo meu sorriso mais radiante, digo:

— Está bem, vamos ver essa casa.

— Tem certeza, Bibi? — Filippo me pergunta com ternura. Temo que tenha percebido minha hesitação.

Coloco a mão no coração e anuncio em alto e bom som, como se estivesse fazendo um juramento:

— Claro que tenho.

Teoricamente estou apenas dando ao meu namorado a permissão para mandar um e-mail: estou somente concordando com a ideia de mudar de casa e ver um imóvel em Veneza. Mas na verdade sei que significa muito mais. Dentro de mim é um sinal de renascimento, de virada. Estou demonstrando meu amor. Estou assumindo um compromisso. Estou escolhendo Filippo.

— Estou feliz, Bibi — ele sussurra, apoiando a testa na minha.

— Eu também.

Nós nos beijamos mais uma vez, e outra, enquanto o céu se torna vermelho vivo.

Amanhã voltaremos para Roma, para a vida de sempre, mas quero me iludir que algo mudou, que este preciso instante é o começo de algo novo, de um futuro junto com o homem que escolhi.

Estou fazendo uma promessa a ele e a mim mesma e vou me esforçar ao máximo para cumpri-la.

# 7

Quando voltamos do fim de semana na Toscana, tudo parece mais doce que antes: o amor, o trabalho, as pequenas coisas.

Meu relacionamento com Filippo se consolida a cada dia que passa. Desde que lhe disse que quero voltar com ele para Veneza, vivemos em perfeita harmonia, em uma espera confiante em relação ao futuro juntos.

A volta a San Luigi dei Francesi também foi muito menos traumática que o previsto. Vai ver que é porque três dias de férias serviram para acalmar os ânimos e para me dar uma energia nova, ou porque começou o verão (adoro essa estação!), o fato é que estou trabalhando bem como não fazia há tempos; e consigo colocar corpo e alma no que faço. Sinto-me viva e concentrada; até Paola percebeu, porque me deu os parabéns pela maneira como resolvi uma área difícil do afresco, completamente tomada pelo mofo. E não é normal que ela elogie alguém.

Estou fazendo 15 minutos de pausa e esperando Martino. Ele reapareceu ontem, depois de ter sumido por muitos dias, e então hoje o convidei para um café da piazza Sant'Eustachio, onde entre um papo e outro nasceu nossa amizade, se é que posso defini-la assim. Não tenho certeza do que quer de mim, mas percebi que gosto dele e sinto muito que tenha se afastado, principalmente depois que me encontrou com Leonardo fora da igreja. É a única pessoa com quem consigo falar de arte sem me sentir chata ou colocada à prova. Martino é brilhante e criativo, mas nunca metido. Talvez porque ainda seja um garoto ou por causa desse seu temperamento um pouco introvertido, tende a não se levar muito a sério e isso torna as conversas com ele especialmente divertidas.

São 11 da manhã e já faz muito calor. Roma resplandece de beleza, o ar traz um cheiro de mar que — tenho certeza — não é apenas fruto da minha imaginação: em um mundo assim, parece impossível não ser feliz.

Lá está Martino. Chega pelo beco ao lado da praça, com seu inconfundível andar solto e um pouco desengonçado, calça jeans, camiseta branca e o inevitável All Star xadrez. Traz nas mãos uma enorme pasta de plástico, daquelas que os artistas ou estudantes usam para as folhas extragrandes. Noto que seus cachos rebeldes estão ficando cada vez mais compridos.

— Tudo bem? — Eu o cumprimento com dois beijos no rosto.

— Tudo... E você? — diz isso sem esperar a resposta, olhando-me quase com um ar de melancolia. Depois se afunda na cadeira ao meu lado, apoiando a pasta em uma perna da mesa. — Na verdade estou cheio de coisas pra fazer. Me deram mais dois cursos de desenho na Academia — explica, com jeito impaciente.

— Ah, então é por isso que você não passou mais por estas bandas... — digo, deixando transparecer uma ponta de tristeza.

— Bem, na verdade eu acabei com o ciclo de São Mateus. Chega de moedinhas! — Dá um sorriso aliviado. — Agora mergulhei em outra obra de Caravaggio.

Interrompemos a conversa um instante para pedir dois cafés ao garçom de sempre, que a essa altura parece nos reconhecer, depois volto a olhá-lo com interesse.

— E qual você está estudando? — Estou muito curiosa. Ouvi-lo contar sobre sua vida com os livros e sobre as provas me faz reviver uma porção de momentos felizes, como quando, na época da faculdade, eu vagabundeava de um museu ao outro, à procura de novas inspirações.

— A *Nossa Senhora dos Palafreneiros,* na Galleria Borghese.

— Ah, esse quadro é lindo! — comento com entusiasmo. — Sei qual é, mas ainda não o vi pessoalmente.

— Não? Não acredito... — Ele arregala os olhos. Então abre a boca, mas logo a fecha de novo, como se quisesse dizer algo, mas não tivesse coragem.

Talvez eu tenha entendido e facilito as coisas.

— É, e eu deveria resolver isso o mais rápido possível, não acha?

— Bem, você poderia ir comigo um dia — arrisca me sugerir. Gosto dele assim, quando dá um chute na timidez e deixa as palavras saírem livremente.

— Tudo bem. Mas exijo de você uma interpretação digna do melhor crítico.

— Bem, vou tentar... Mas não espere um Philippe Daverio!* — Sorri, tocando de leve o piercing na sobrancelha.

— Claro que sim. E também quero você de paletó xadrez e gravata-borboleta... — Nós dois explodimos em uma risada cúmplice e sincera.

---

* Philippe Daverio é um crítico de arte francês naturalizado italiano. (N. T.)

Depois que me despedi de Martino e estou para voltar à igreja, recebo uma mensagem de texto de Leonardo.

Onde você está? Por que não atende?

No visor vejo três ligações perdidas. Não escutei porque tinha colocado o celular no silencioso e me esqueci de religar o som.

Há alguns dias, Leonardo voltou a me procurar com mensagens e telefonemas, mas nunca o atendi. Prometi novamente a mim mesma evitá-lo para sempre e estou sendo fiel às minhas resoluções. Mas a cada tentativa de contato minha estabilidade emocional é posta à dura prova. E agora não tenho mais tanta certeza de que ignorá-lo seja a estratégia certa a ser seguida. Eu precisaria de algo mais definitivo, algo que dê fim a essa tortura.

Não faz sentido continuarmos nos vendo.
Decidi ficar com Filippo, de verdade.
Por favor, não me procure mais.

Simples, imediato, claro. Talvez baste reduzir Leonardo ao silêncio. Mas não tenho tanta certeza de que isso baste para acalmar meu coração.

Passaram-se alguns dias de calma total. Leonardo não deu mais sinal de vida; eu, porém, ainda estou em alerta: venci uma batalha, mas — tenho a impressão — não a guerra. Portanto, foi suficiente lhe dizer chega com decisão, sem enrolação, para que ele se desencorajasse e sossegasse de vez. Nunca teria acreditado nisso: bastou um único balde d'água para apagar um fogo como Leonardo. Um incêndio que agora parou de arder em todos os cantos da minha vida. Não o verei de novo nem falarei mais com ele, e o destino absurdo e debochado que um dia fez nossos caminhos se cruzarem certamente não vai mais interferir nas minhas escolhas. E depois o tempo, tenho certeza, fará o seu papel. Adeus, Leonardo: logo você será somente uma lembrança...

É quase uma hora e ainda estou sentindo o cheiro das tintas e dos solventes. Um passeio é justamente o que preciso para respirar um pouco de ar e reacostumar os olhos à luz natural. Embora hoje no céu de Roma esteja um sol pálido, metade escurecido por uma nuvem ameaçadora, e eu nem tenha guarda-chuva, penso que não vai ser necessário.

Estou indo encontrar Filippo no escritório da via Giulia para almoçarmos juntos. Claro que para a ocasião troquei de roupa, e o uniforme de trabalho foi substituído por um vestidinho branco sem mangas com apliques de renda: sinto que posso ousar um pouco mais, agora que estou um pouquinho bronzeada. Mas os sapatos continuam sendo rasteirinhas (Gaia, me perdoe!): as sandálias de amarrar são a febre deste verão, e eu me rendi a elas com todo o prazer.

O escritório da via Giulia me recebe com suas paredes coloridas e o cheiro de impressoras a laser. Há perfume de criatividade aqui dentro, e é bom. De certo modo, quase parece que estou em uma central da Nasa, com todos esses telões de plasma nas paredes, os computadores Mac gigantescos, os scanners, os pantógrafos e outros objetos supertecnológicos cujas funções desconheço. Há um caos artístico por todo lado: nas prateleiras das estantes, no piso com motivos geométricos. Dois relógios pendurados simetricamente na parede ao fundo mostram os fusos horários de Roma e de Nova York. Sinto-me invadida por uma carga de energia positiva sempre que coloco os pés aqui dentro.

— Oi, Elena. — É a voz de Alessio, que se levanta da sua escrivaninha e vem ao meu encontro, exibindo um bronzeado dos trópicos e uma nova tatuagem no braço esquerdo. — Tudo bem? — pergunta, com aquele sorriso que parece sair da propaganda de um resort.

— Tudo bem, obrigada — respondo, apressada. — Filippo está aí?

— Estava com um cliente lá dentro. — Com um gesto da cabeça indica a porta fechada da sala de reunião. — Mas pode entrar. Acho que já acabou.

— Está bem. Obrigada!

— Ah, eu já ia esquecer! — ele me segura, como se tivesse acabado de se lembrar de uma coisa importante. — Flavia agradece muito aqueles cremes que você trouxe para ela da Toscana.

Meu Deus, ainda esse assunto!

— Imagine, foi um prazer — digo, com um sorriso formal.

Desde o dia do meu aniversário aqueles cremes viraram um pesadelo. Quando Flavia soube da nossa viagem para a Toscana, começou a me bombardear com mensagens e telefonemas para me convencer a ir ao famosíssimo — na opinião dela — centro de produtos naturais a poucos quilômetros do nosso resort. Isso porque queria que conseguíssemos para ela os raríssimos compostos fitocosméticos antirrugas, rigorosamente biológicos e de preço exorbitante, para dizer o mínimo. Uma missão que cumpri somente por amor a Filippo e pela amizade que o une a Alessio. Mas, por culpa daquele desvio de percurso, por pouco não perdemos o trem da volta.

— Flavia é obcecada por aqueles potinhos — continua Alessio, balançando a cabeça, resignado.

Dou-lhe um sorriso solidário.

— Sabia que lhe deram a edição da noite do telejornal?

Eu a imagino, com sua cabeleira loira platinada e a boca cheia de silicone, dando as últimas notícias no início da noite no canal Telenorba.

— Mas que notícia boa! Com certeza vou assisti-la, então — digo rapidamente. Depois escapo, antes que Alessio comece a me contar toda a interessantíssima carreira televisiva da esposa.

Bato bem de leve e abro a porta de correr da sala de reunião. Ao fundo vejo Filippo, de pé, que sorri para mim com o rosto radiante. Mas há outra imagem que meus olhos colocam em foco lentamente: umas costas grandes cobertas por um paletó de linho cinza. *Aquelas* costas! Os cabelos ondulados, os ombros largos, os músculos tensionados dos braços. Não estou sonhando. Não estou louca. É tudo verdade. E conheço bem aquele corpo, mas não consigo encaixá-lo nessa sala. Minha mente entra em parafuso: que diabos Leonardo faz aqui?

— Desculpe... Achei que você estivesse sozinho. — Não sei como fazer para seguir as regras de boas maneiras mesmo em estado de choque, mas agora elas são a única certeza à qual me agarrar.

— Pode vir, Bibi, até porque já estávamos quase acabando. — Filippo faz um gesto para que eu entre. Não posso voltar e dou alguns passos incertos, como se estivesse em transe. Agora consigo vê-lo de lado, depois de frente, e tenho a nítida impressão de que o chão está tremendo sob meus pés. Tento segurar qualquer expressão de espanto e, mantendo o olhar fixo em Filippo, solto um fraco "oi". A verdade é que eu gostaria de me jogar pela janela. Agora.

— Esta é minha namorada — Filippo explica com certa intimidade, enquanto me empurra diretamente para a frente do diabo. — Elena, Leonardo Ferrante. — Indica-o com admiração e por pouco não dá um tapinha em seu ombro. — É o chef do lugar onde comemos no seu aniversário, lembra?

— Ah... — digo, como se estivesse resgatando a lembrança. — O Cenacolo?

— Isso. E a partir de hoje é um cliente do escritório — conclui Filippo.

Acho que não entendi.

— Prazer. — Aperto sua mão, disfarçando. Imagino que minhas bochechas estejam pegando fogo, mas em compensação arrepios de frio percorrem minha coluna. Nunca fui boa em fingir. Principalmente quando na minha cabeça estão passando, a toda velocidade, as imagens dos nossos encontros proibidos.

— Muito prazer. — Leonardo exibe seu melhor sorriso. Uma carga de raiva impotente cresceu por todo o meu ser, mas me esforço para mantê-la dentro de mim.

— Leonardo e o sócio tiveram uma ideia maravilhosa — Filippo me conta. — A recuperação de uma antiga fábrica de frente para o Aniene. Querem transformá-la num restaurante.

— O escritório vai cuidar da reforma? — repito, como uma boba. Sei que estou fazendo papel de idiota, mas meu cérebro se recusa a aceitar isso: meu amante acabou de contratar meu namorado para que ele projete um restaurante num lugar onde transamos.

Leonardo concorda, o olhar satisfeito e o comportamento seguro. É perfeitamente senhor da situação. Aliás, está até se divertindo com ela.

— Já estivemos lá para ver o local — continua Filippo. Procura o olhar de Leonardo. — É realmente um lugar bonito.

— Eu já me afeiçoei a ele — comenta Leonardo, dando-me uma olhada furtiva. — E não vejo a hora de vê-lo funcionando.

— Vamos fazer tudo em tempo recorde. Eu te disse: nossos operários já estão treinados — assegura Filippo. — E, de todo modo, acompanharei tudo pessoalmente — conclui, solene, dobrando em quatro uma planta de localização e colocando-a de volta no fichário sobre a mesa.

Eu queria explodir em um berro desesperado, mas tenho que permanecer comportada e sorridente. Sofro como se estivessem tatuando a letra A, de adúltera, no meu peito.

A tatuagem. No mesmo instante penso na de Leonardo. Nas oportunidades em que pude vê-la. Mas devo afastar o pensamento o mais rápido possível.

Leonardo dá uma olhada no relógio.

— Bem, ficou tarde. Vou deixá-los ir almoçar. — Aperta a mão de Filippo. — Nós nos vemos daqui a alguns dias. Depois se vira para mim e faz o mesmo. — Elena, foi um prazer. — Ele me olha diretamente nos olhos, então acrescenta, como se fosse uma ameaça: — Espero voltar a te encontrar.

Eu me limito a concordar, sem pronunciar uma palavra.

Depois que Leonardo sai da sala, Filippo me esmaga em um abraço vigoroso e me dá um beijo na boca.

— Então, onde vamos comer? Filé de bacalhau? Ou algo mais exótico? — pergunta, com mais empolgação que de costume.

— Onde você quiser. — Não consigo dizer mais nada. Neste momento, a última coisa em que estou pensando é no que comer.

— Ouviu que projeto interessante? Vai ser um belo desafio. — Sorri satisfeito, enquanto desliga o computador.

— Sim, parece mesmo uma boa ideia. — Tento ser convincente, mas meus dotes de atriz estão prestes a me abandonar.

Felizmente Filippo não parece perceber e, pegando-me debaixo do braço, declara:

— Sabe de uma coisa?

— O quê?

— Vamos ao restaurante da Ligúria. Estou morrendo de fome.

Eu não estou com nenhuma. Meu estômago fechou, mas me esforço para exibir uma expressão convincente e digo:

— Tudo bem.

— E vamos rápido...

Andamos até o *vicolo* dell'Oro, onde há um restaurante aonde vamos com frequência. Oferece ótimas especialidades da Ligúria e tem doces caseiros divinos. Dentro, a fila é muito maior do que se poderia esperar, mas por milagre conseguimos encontrar uma mesinha para dois em frente às vidraças. Somos servidos quase imediatamente, para a alegria de Filippo, que, a julgar pela maneira como devora a sopa de peixe, parece que não come há uma semana. Já para mim, enfrentar esse prato de *trofie* com *pesto* parece uma missão sobre-humana. Durante todo o almoço não faço outra coisa a não ser exibir uma série de sorrisos plastificados, fingindo escutar com atenção as conversas animadas de Filippo. Na realidade minha cabeça está em outro lugar e, enquanto observo meu namorado do outro lado da mesa, é impossível, para mim, não pensar em Leonardo. Como ele pôde fazer uma coisa tão dissimulada? E, principalmente: por quê? Não entendo aonde quer chegar. Com certeza está planejando um daqueles jogos devassos em que eu sou uma peça encurralada. Mas desta vez realmente exagerou, não vou deixar barato para ele.

Quando saímos do restaurante, a tarde está escura, não dá para saber que horas são. Nuvens cinzentas como aço, baixas no céu, anunciam um aguaceiro chegando. Não temos guarda-chuva, mas, a essa altura, isso é um detalhe irrelevante. Eu quase ficaria feliz em tomar um bom banho. Talvez servisse para varrer os pensamentos que bombardeiam minha cabeça.

— Você vai voltar sozinha pra San Luigi? — pergunta Filippo, abrindo caminho para mim até a esquina.

— Vou, não se preocupe.

— Tem certeza de que não quer que eu a acompanhe? — Há um tom de sarcasmo em sua voz. Sei no que está pensando. Minha capacidade de me perder em Roma é uma coisa que o diverte e o preocupa ao mesmo tempo.

— Tenho — respondo com um sorriso. — Já aprendi o caminho.

— Acho que não vai chover — diz, olhando o céu. — Mas se você der uma corridinha é melhor.

— Está bem, mestre.

— Então até de noite, Bibi! — ele se despede, dando-me um beijo suave nos lábios.

— Até de noite.

Com passos rápidos, percorro o quarteirão em direção a San Luigi, mas quando tenho certeza de que estou longe o suficiente da vista de Filippo, faço um pequeno desvio e atravesso o Tibre pela Ponte Mazzini. Devo ir a um lugar de qualquer maneira, e preciso fazer isso agora, não posso adiar. Não existe risco de me perder, já que meu destino é a casa de Leonardo.

Enquanto ando apressadamente pelo Lungotevere, quase como um reflexo condicionado, abro a bolsa e confiro a maquiagem no espelhinho do pó de arroz. Noto que o rímel borrou debaixo dos olhos. Isso não deve me importar, neste momento, então resisto à tentação de ajeitar a maquiagem e arrumar os cabelos. Com certeza não estou indo fazer uma visita amigável.

Com a raiva devorando meu estômago, coloco o pó de volta na bolsa e tiro o celular. Encontro uma mensagem de Paola de 14h11, cinco minutos atrás.

Onde você está?

Escrevo a ela que tive um pequeno imprevisto e que vou demorar meia hora ou um pouco mais. Imagino que não ficará feliz em ler minha resposta, mas depois dou um jeito de ser perdoada.

Enquanto isso, já vejo as janelas da casa de Leonardo e não sei dizer se foi apenas ontem ou há uma vida a última vez que estive aqui, voltando daquela manhã na praia. De repente, revivo as emoções daquele dia de sol, em que me sentia sufocar pelo desejo arrebatador, pelo prazer, e agora me pergunto como pude chegar a tanto.

Espero que Leonardo esteja em casa. Pela hora, também pode estar no trabalho ou na rua, fazendo sabe-se lá o quê. Quando estou em frente ao prédio, porém, vislumbro sua figura na varanda. Está descalço, usa calça jeans e uma camisa branca aberta (ele mudou de roupa, antes a camisa era vermelha), e com os olhos semiabertos olha o céu, talvez para saber se vai chover. Fico por um instante observando-o, saboreando, pelo menos uma vez, esta vantagem sobre ele: ser observado sem saber torna todo mundo, até Leonardo, mais humano e indefeso. Lá está ele, um homem como tantos: não tenho nenhuma razão para ter medo dele. Diferentemente de todas as vezes, o coração não está saindo pela boca, nem me sinto submissa. Estou absolutamente calma, determinada e decidida, enquanto me preparo para enfrentá-lo.

De repente, como se tivesse sentido meus olhos sobre ele, Leonardo vira-se e me vê. Não parece nem um pouco surpreso, levanta o braço e sorri, como se estivesse esperando minha visita. Sustento seu olhar sem acenar de volta, depois vou até o portão de entrada e, antes ainda que eu possa tocar a campainha, ouço a fechadura destravar. Ele não me receberia com toda essa rapidez se soubesse quanto veneno tenho para cuspir em cima dele.

Subo as escadas com passos curtos, nervos firmes e músculos tensos. Sinto-me forte, uma guerreira protegida com a melhor armadura. Não estou com medo, agora: sei que quando o momento certo chegar, estarei prontíssima para disparar o ataque. Sangue-frio, Elena.

A porta do loft está aberta. Sou recebida por uma música clássica, suave, cantada por uma voz feminina sedutora. Leonardo está em frente ao balcão da cozinha, com as mangas da camisa enroladas. Diante dele, um cesto de frutas da estação, que está cortando com uma faca de cerâmica. A lâmina afunda veloz no ventre suculento de um pêssego, passando rente a seus dedos e produzindo um som rítmico sobre a tábua de cortar.

— Pode entrar. — Ele me dá uma olhada rápida e, com as mãos, faz um sinal para que eu avance. — Quando eu disse que esperava ver você de novo não achava que seria tão cedo — continua, tranquilo, e continua picando.

Dou alguns passos à frente, fechando a porta atrás de mim. Um cheiro familiar faz cócegas nas minhas narinas: é o perfume de Leonardo, misturado com o de pêssego. Olho ao redor e, em um instante, sou esmagada por uma avalanche de lembranças, momentos que *na época* pareciam bonitos e que, agora, têm apenas um gosto amargo. Estou sobrecarregada de emoções, mas não me permito desviar do meu objetivo. Uma força brutal está crescendo dentro de mim.

— Seu namorado é simpático.

— Escute, me poupe das babaquices — eu o interrompo, com uma careta de impaciência, e cruzo os braços no peito. — Achei que tinha sido clara na última mensagem que mandei a você. — Minha voz sai fria e cortante como a lâmina de sua faca.

— De fato, você foi mais do que clara. — Passa a mão no queixo, acariciando a barba. — Categórica, eu diria.

— Mas você não está nem aí, não é? — Solto a bolsa no chão e me aproximo do balcão. Planto-me na frente dele, procurando seu olhar. — O que você pensa que está fazendo? O que espera conseguir com essa jogada, posso saber? — Imediatamente levanto a mão para interrompê-lo: — Espere, não me diga. Já sei o que você vai responder: "Só quero me divertir um pouco." Não é isso?

— Socorro... O que foi que eu aprontei? Me comportei mal? Nunca vi você com tanta raiva. — Ele levanta os olhos da tábua de cortar e me observa como se eu fosse uma espécie rara, em via de extinção. E isso me tira mais ainda do sério.

— Claro que estou com raiva! — Respiro fundo e separo levemente as pernas para me sentir mais estável, os pés bem fincados no chão. — Não me venha dizer que foi uma coincidência. Que foi o destino que o levou àquele escritório.

— Não foi o destino, de fato — ele explica, tranquilo, enquanto esmaga as frutas junto com o gelo dentro de dois copos. Sua voz não está nem um pouco alterada. — Simplesmente me dirigi a um dos melhores escritórios de arquitetura de Roma. Não acho que seja um problema tão grave se lá também trabalha *Filippo*. — Pronuncia esse nome arrastando um pouco a voz. Enquanto isso, despeja líquidos que não consigo identificar nos copos e mistura tudo com energia.

— Leonardo. — Quase nunca pronuncio seu nome todo. Estou fora de mim. Mas me controlo. — Pare de me sacanear. — Dou um soco no balcão da cozinha. — É uma coisa entre mim e você. Essa loucura é nossa. Qual era a necessidade de meter Filippo na história?

— Elena, relaxe. Se você acha que vou contar a ele sobre nós, está enganada, eu garanto — diz, vindo em minha direção com os dois copos e me dando uma olhada sincera. Ele tem a capacidade doentia de fazer com que eu me sinta errada, como se eu tivesse acabado de inventar uma história sem sentido e o acusasse injustamente. Levanta minha mão, guiando-me como uma criança, e coloca o drinque nela.

— Beba — me convida, batendo seu copo no meu.

Vê-lo assim, tão descaradamente seguro de si mesmo, faz com que me sinta frustrada. Continua fugindo, impedindo que eu aprofunde o assunto. Minha raiva atinge o nível de alerta.

— Chega, Leonardo. Me responda — intimo, com a expressão mais sombria que consigo fazer, colocando o copo no balcão da cozinha. — Me explique por que você foi até o escritório do Filippo.

Ele não parece muito impressionado. Saboreia um gole do seu drinque, satisfeito. Então se vira para mim.

— Responda a uma pergunta. — Seus olhos se apertam, como se quisessem penetrar mais fundo em mim. Suas pequenas rugas de expressão lhe dão agora um estranho ar interrogador. — Por que está aqui?

Eu não esperava esta inversão de papéis, mas respondo com rapidez.

— Pra dizer pra você ficar longe de mim e do meu namorado.

Balança a cabeça e toma outro gole.

— Não é esse o motivo. Você também sabe muito bem disso.

Agora está muito perto, sua camisa branca ocupa todo o meu campo visual, enquanto seu cheiro forte está se tornando quase insuportável. Sua respiração alcança de leve minha orelha.

— Que fique claro: estou feliz por você ter vindo — e pousa um pequeno beijo no meu pescoço.

Dou um pulo para trás e, antes que ele possa me impedir, jogo o drinque na cara dele e atiro o copo no chão. Por um momento o tempo se congela. Meus olhos registram o vidro aos pedaços e a polpa de fruta no chão, e depois Leonardo, com gotas de coquetel pingando da barba e dos pelos do peito. Eu nunca tinha feito uma coisa desse tipo. Sinto uma descarga de adrenalina percorrer minhas veias.

Ele pousa seu copo e passa lentamente uma mão no rosto. Esse seu jeito de permanecer impassível diante de tudo me deixa louca. Jogo-me na direção dele e começo a puxá-lo pela camisa, dando-lhe socos no peito.

— Você tem que sair da minha vida, entendeu? Você tem que me deixar em paz, parar de atrapalhar minha vida... Porque *eu* decidi assim e *você,* agora, vai fazer o que estou pedindo. — Eu queria que fosse uma ameaça, porém soa como uma súplica. Desesperada.

Ele me deixa desabafar um pouco sem nenhuma reação, então com um movimento rápido segura meus pulsos e faz com que eu dê meia-volta em torno de mim mesma. Prende-me em seus braços, pressionando minhas costas em seu peito, e tapa minha boca com a mão. Tento me soltar como uma cobra, mas ele é mais forte e me mantém prisioneira.

— Shhh. Chega, Elena. Escute.

É inútil: tenho que me render, com a respiração pesada e o coração batendo enlouquecido.

— Vou lhe dizer por que está aqui — ele me explica, calmo, colocando o rosto em meus cabelos. Solta uma das mãos e a desliza pelo meu quadril, enquanto com a outra continua mantendo meus pulsos presos. Chega à barra do vestido e o levanta, escorregando sobre a minha coxa, que se enche de arrepios. — Apesar de não querer admitir, você não consegue ficar longe de mim. — Sua voz é baixa e profunda, tem cheiro de álcool e fruta.

Aquele toque familiar faz minha cabeça rodar. Minha pélvis se contrai num desejo ardente, enquanto Leonardo acaricia devagar entre minhas pernas. Então, seus dedos se insinuam debaixo da calcinha e vão procurar meu sexo já molhado.

— É por isso que você está aqui, Elena. Seu corpo não mente — diz, movendo-se impunemente entre meus lábios.

Tudo isso é inaceitável. Uma onda de prazer sobe até meu cérebro e se quebra contra meu bom senso e minha força de vontade. É difícil resistir a essas mãos. Quentes, experientes. Basta um instante para ceder de novo àquela tentação. Devo fazer um esforço imenso para não me entregar completamente e juntar aquele pouco de dignidade que me restou. Com toda a energia que tenho, me solto e afasto suas mãos de mim. Faço menção de dar um tapa em seu rosto, mas ele, rápido, segura meu pulso.

— Me diga que não é verdade — ele me desafia com aqueles seus olhos escuros impunes, chegando perigosamente ainda mais perto.

Não é verdade. Ou talvez seja. Mas não importa. O que importa é que ele não tem o direito de fazer isso comigo.

Reúno todos os meus pensamentos mais negativos, todo o rancor, a decepção e a raiva que este homem foi capaz de me fazer sentir e, enfim, consigo:

— Vá à merda, Leonardo — sopro em seu rosto, enquanto me livro dele com um puxão.

Dou um passo para trás e o encaro, dilacerada, mas decidida e, de algum modo, livre. Deixo os braços caírem ao lado dos quadris, repetindo dentro de mim a última frase que saiu da minha boca. *Vá à merda.* Agora chega, agora sou eu que escolho. Não me importa se ainda sinto alguma coisa por ele: saudade, atração ou torturante desejo. Não me importa mais nada.

Tenho que pensar intensamente em Filippo, só isso. Tenho que decidir se o amo de verdade, e a resposta é sim, já há muito tempo, tenho certeza disso. Porque o amor não pode ser essa luta exaustiva, essa descarga de vertigens, esse soco no estômago. O amor é uma escolha, a de se comprometer dia após dia com alguém por um objetivo comum. E eu escolhi o amor porque me faz estar bem, porque é disso que eu preciso.

— Acabou. Para sempre — digo, solene. Então, dou as costas para ele e vou embora.

Não me sinto nem um pouco vencedora, mas sei que estou fazendo a coisa certa. A distância que me separa da porta me parece enorme, percorro-a rezando para que ele não tente me deter. Só me dou conta de que consegui quando me vejo no corredor do andar e desço as escadas. Agora correndo. Leonardo ficou no mesmo lugar, e eu me sinto aliviada, mais leve, embora esteja com um nó na garganta e sinta vontade de chorar.

Assim que saio à rua, vejo um táxi se aproximando. É um sinal: tenho que ir embora daqui, o mais rápido possível. Passo no meio de dois carros estacionados e paro no início da calçada, fazendo sinal com os braços. Talvez Leonardo esteja me olhando da sacada. Mesmo se estiver, não devo levantar a cabeça. É um ato de coragem, uma questão de respeito por mim mesma.

Milagrosamente o táxi para. Abro a porta e desapareço no assento de trás. Esboço um sorriso ao taxista para tomar coragem, mas de repente a vista começa a se ofuscar e tenho que segurar as lágrimas, piscando e engolindo saliva.

— Para San Luigi dei Francesi — digo, com a pouca voz que me restou.

Afundo-me no assento e não me contenho. Cometo o erro que não deveria: viro-me para trás. Leonardo está novamente ali, naquela sacada, olhando para baixo. Olho-o através da janela, enquanto as primeiras gotas de chuva escorregam no vidro, substituindo minhas lágrimas.

O carro começa a rodar na direção certa, a oposta ao meu desejo. Estou voltando para minha vida e, embora me sinta aliviada, desta vez não me viro para trás. Leonardo já é apenas um pontinho distante. E logo não o verei mais.

# 8

Eu e Filippo acabamos de acordar e estamos tomando café da manhã. O sol de julho entra pelas janelas abertas e inunda a cozinha de luz e calor. Somos o retrato de um casal normal compartilhando um início de dia normal. Filippo bebe seu habitual café espresso amargo e fervente, enquanto eu continuo fiel à minha xícara de chá indiano. Ele mexe em seu iPad no site Architonic.com, enquanto folheio o jornal *Corriere della Sera* que, aberto, ocupa metade da mesa da cozinha. Ele já está impecável, vestido para ir ao canteiro de obras, eu ainda estou de short e camiseta de alcinha, cabelos desgrenhados e olhos inchados.

Tudo em ordem, fluindo bem. Um momento de vida doméstica comum.

Pelo menos visto de fora.

Passaram-se semanas desde aquele dia na casa de Leonardo, quando lhe disse que tinha acabado para sempre, e me sinto como se estivesse convalescendo. Estou aqui, sã e salva, mesmo assim ainda estou fraca, tenho que me proteger — eu sei — do risco de voltar a cair em seus braços. Percorro com a mente mais uma vez cada instante daquela tarde, desde os cacos do copo no chão até minha fuga de táxi, e tenho a impressão de que se passou um século. Leonardo está longe, não existe mais, está fora da minha vida. Não vai me procurar, nem nunca mais virá me tirar da toca em San Luigi dei Francesi ou de qualquer outro lugar.

O verdadeiro problema, agora, é Filippo. Ele está me fazendo relembrar Leonardo; fala dele para mim quase todos os dias, quando me conta sobre seu novo projeto. Com uma riqueza de detalhes que me irrita profundamente. Estou impaciente, só de escutar seu nome fico angustiada. Eu queria que ele se calasse, queria poder probir que falasse daquela maldita reforma que o apaixona tanto e, em vez disso, tenho que fingir que o escuto com interesse.

Como agora.

— Hoje tenho que passar na antiga fábrica pra ver como estão os trabalhos — diz, afundando uma colherzinha no pote de mel. — Se continuarem assim, vamos acabar em tempo recorde...

— Muito bem. — Não desvio os olhos do meu jornal.

— Está ficando realmente bom — continua Filippo. Seu rosto se ilumina, como acontece sempre que fala de um trabalho do qual gosta. — Já contei que salvamos as esteiras rolantes e usamos na decoração?

Ai, meu Deus, as esteiras rolantes! Sinto-me mal só de pensar no que fiz deitada numa daquelas máquinas. Tenho que expulsar logo essa imagem.

Filippo continua, o olhar perdido no horizonte, como se estivesse visualizando os objetos dos quais está falando, sem se preocupar se eu o escuto ou não.

— A coisa mais bonita daquele lugar, porém, é a luz.

— É, a vidraça sobre o rio — repito, distraída, e não tenho tempo de morder a língua. Felizmente Filippo também está distraído e deixa passar a gafe. Ele não pode saber que estive naquela fábrica de jeito nenhum.

— As esquadrias de bronze devem ser salvas, mas queria brincar com a geometria dos vidros. — Coça a cabeça e faz uma expressão satisfeita.

Chega, Fil, não aguento mais! Não vou sair viva dessas suas conversas. Enquanto ele fala, meu olho cai nas manchetes das páginas esportivas, especialmente numa notícia que poderia me ajudar. Tento mudar de assunto.

— Olhe só isso — exclamo, empolgada. — Então as previsões de Gaia estavam certas!

Filippo balança a cabeça.

— Como assim?

— Belotti venceu o *Tour de France*. — Levanto o jornal, mostrando a matéria com a fotografia de Belotti vitorioso, com a Champs-Élysées ao fundo. Tenho que dar razão à minha amiga. Apesar de eu nunca ter entendido qual é a cor dos seus olhos, este homem é decididamente um gato. Tem até um charme discreto, uma espécie de carisma: uma mão no peito e um braço erguido, como um verdadeiro campeão.

— É o famoso ciclista pegador? — pergunta Filippo.

— Ele mesmo, mas Gaia ainda tem esperança de colocar a cabeça dele no lugar.

— Então eles estão juntos?

— Ai, meu Deus, se é que podemos definir aquilo como estar juntos. — Levanto os olhos para o céu. — Ele está sempre viajando e ela fica em casa esperando por ele, olhando sua foto como se fosse a de um soldado na guerra.

— Sério? Não acredito! — Ele explode em uma sonora gargalhada.

— Eu juro, Fil. Esse Belotti está fazendo ela penar. Nunca vi Gaia tão dominada e submissa. Teoricamente ele a quer — e muito, até, de acordo com Gaia —, mas exige que fique longe dele. — Sorrio, lembrando-me de suas histórias. — Sabe como é — pisco, maliciosa —, uma única noite de paixão seria suficiente para comprometer os resultados de um mês de treinamento!

— E então Gaia estaria em abstinência agora? — Ele arregala os olhos, divertido.

— Pois é. Nunca a vi ficar tanto tempo sem transar — explico, enquanto Filippo se senta ao meu lado e passa os olhos na matéria. — Parece que Belotti lhe prometeu o mundo... Bem, pelo menos ele ganhou. Imagina que desgraça se não tivesse nem ganhado.

Ele acaricia meus ombros, tocando de leve minha pele nua com os dedos. Então beija meu pescoço, escorregando com a língua sobre minha nuca supersensível. O verão aumenta seu desejo. Ultimamente temos feito amor de manhã com frequência.

— O que você está querendo? — pergunto, segurando um gemido. Se continuar me beijando assim, já, já vou me derreter.

— Nada, Bibi. Venho em paz — sussurra no meu ouvido. Levanta-se e me olha com ar intimidador. — Você só se salvou porque vou me atrasar pro trabalho — suspira —, mas quando eu voltar pra casa vamos falar sobre esse assunto de novo.

— Eu estou aqui — digo, com estudada indiferença, ajeitando a alcinha da minha camiseta.

Ele vai em direção ao sofá, onde está sua bolsa a tiracolo com o notebook. Põe a bolsa num ombro. Dá dois passos, e então para no meio da sala.

— Ah, estava esquecendo — diz. — Fomos convidados para um jantar em Castelli amanhã à noite. O escritório todo vai.

— Em Castelli? — Sei que é fora de Roma, mas não conheço bem a região.

— Sim. Vamos à residência de verão de Rinaldi — responde ele, com um tom pretensioso, como se estivesse falando do Papa. — Ele tem uma mansão no lago de Bracciano. Dizem que é de conto de fadas.

Ettore Rinaldi é o proprietário do escritório onde ele trabalha. Eu o vi só uma vez e me deu a impressão de ser um magnata que está atento o tempo todo, sempre em busca de contatos e super-habilidoso nas relações públicas. Não tem exatamente o físico ideal para se mostrar na sociedade — deve pesar uma tonelada e tem até um pouco de gota —, mas o fato de não ser nem um pouco chique não parece tê-lo prejudicado em nada. Apesar disso, a ideia do jantar à beira do lago me anima. Com certeza deve ser um lugar magnífico.

— Gostei desse convite! — exclamo.

Filippo aproxima-se para me dar um beijo. Eu retribuo, demorando-me alguns segundos a mais que o habitual.

— Tudo bem? — pergunta, afastando-se dos meus lábios que não param.

— Tudo — digo com um sorriso.

Essa é a coisa boa de Filippo: tudo está sempre *pelo menos* bem quando estou com ele.

Na noite do dia seguinte, Alessio nos busca para irmos ao jantar. Como bom veneziano, de fato, Filippo sabe conduzir muito bem um barco, mas nunca tirou carteira de habilitação. Eu só a tirei porque fui obrigada pelo meu pai, que no dia seguinte ao exame final do colégio jogou na minha frente o livro com as perguntas da autoescola, me intimando:

— Você tem dois meses pra passar. — É em momentos como esse que me arrependo de ter aberto mão das famosas férias em Ibiza com os colegas da escola. Obrigada, papai. Acabei tirando a carteira de motorista naquele verão escaldante, mas não me serviu para grandes coisas até agora, penso, me acomodando no assento de trás da Mercedes SLK.

— Oi, querida. Que bom ver você de novo! — cantarola Flavia, abrindo lugar para mim, a voz chegando aos tons mais agudos. Deixou o lugar da frente para Filippo, que já está conversando animadamente com Alessio sobre instalações de informática e componentes de decoração.

— Oi, Flavia. — Nós nos damos dois beijos no rosto. Deve ter acabado de sair dos estúdios de Telenorba, a julgar pela maquiagem e pelo penteado à la Lilli Gruber* e pelo tailleur justíssimo que usa. Eu, de calça jeans, camiseta e chinelo de couro, me sinto uma mendiga comparada com ela. Por outro lado, Filippo havia especificado "informal" antes que nos arrumássemos para sair.

— Você está ótima — digo a ela.

— Oh, obrigada. — Sorri, mostrando a arcada dentária branquíssima entre os lábios lambuzados de batom. — Sempre muito gentil.

— Vi você no telejornal uma noite. — De fato, zapeando entre um canal e outro, de repente seu meio-busto artificial surgiu na minha frente como uma visão kitsch.

---

* Famosa jornalista da televisão italiana. (N. T.)

— Nem me fale. — Mexe a mão no ar com uma expressão de decepção. — Sabe, eu estava acostumada com os talk shows e os programas de fofoca. O telejornal é uma coisa um pouco nova pra mim...

— Mas você está arrasando! — E acho isso mesmo. Pelo pouco que vi, mudei de ideia em relação a ela. Prende a atenção e sabe falar com desenvoltura. Se apontassem uma câmera de vídeo para o meu rosto, eu começaria a suar frio e tropeçaria na segunda frase.

— Nunca sei que cara devo fazer quando tenho que ler as notícias policiais. — Balança a cabeça, impaciente. — E talvez, no segundo seguinte, tenha que anunciar a reportagem sobre a festa do leitão assado.

Rimos. Olhando pela janela, percebo que já estamos costeando o lago. Diante dos meus olhos, uma vastidão verde-azul sem fim, que, com a luz fraca da noite, ganha contornos azul-marinho.

— Fla, você se lembra do caminho? — pergunta Alessio, nervoso, olhando-a pelo espelho retrovisor. Está com as veias do pescoço saltadas e uma expressão enfurecida no rosto bronzeado.

— Via dei Salici, acho — mia ela.

— Eh... Eu também me lembrava de via dei Salici. — Desliza os dedos no GPS. — Mas ele não está achando!

— Espere, vá devagar — Filippo faz um gesto para que ele diminua a velocidade, às voltas com o mapa via satélite do iPhone. — Acho que estamos certos. Pra frente mais 100 metros. Pronto... Vire aqui à direita.

— Oh, sim, é essa! — exclama Alessio, e dá um soco no painel. — Tenho que atualizar essa merda de GPS. — Dá um tapinha no ombro de Filippo. — Obrigado, de qualquer forma — resmunga, e estaciona no fim da fila de carros luxuosos que invadiram a rua.

Depois que Alessio tocou o interfone, Rinaldi em pessoa nos recebe, com seu andar lento, no portão de entrada, de bermuda e camisa de mangas curtas. Tem uma barriga enorme e algumas gotinhas de suor descem pelos cantos de sua testa. Quando o vejo assim, já me sinto mais à vontade: pelo menos há alguém mais deselegante que eu.

— Bem-vindos — ele nos cumprimenta em voz alta. Um ar alegre colore suas bochechas roliças.

Filippo lhe estende a garrafa de vinho que roubamos da nossa adega de casa, um Bardolino superior, presente do tio Bruno há um tempo.

— Muito bem, rapaz! — exclama Rinaldi. — Aceito com todo o prazer — afirma, admirando o rótulo com um sorriso satisfeito.

Guiados por ele, atravessamos o imenso jardim enfeitado com tochas e vamos até a cobertura diante do lago onde estão reunidos todos os convidados. Eu e Filippo nos olhamos cúmplices, felizes por estarmos neste lugar encantado. O gramado da mansão desce até a baía e parece quase se fundir com o lago. Estamos rodeados por uma natureza de tirar o fôlego.

As luzes do povoado brilham na outra margem, e a lua, que acabou de aparecer no céu, traça um caminho acinzentado na superfície da água, iluminando o cais, onde estão atracados dois barcos. Um casal de cisnes aproxima-se silenciosamente da beira para procurar comida. É tudo tão mágico, tão fora do tempo, que me deixa boquiaberta, como me acontece sempre que estou diante de uma obra de arte que vejo pela primeira vez.

No meio da multidão vislumbro Giovanni e Isabella. Vou cumprimentá-los, deixando Filippo conversando com Rinaldi, que está no pé dele desde que chegamos. Giovanni parece ainda mais magro sob as luzes artificiais do jardim, já Isabella está esplêndida como sempre, mesmo de jeans e camiseta sem mangas. Ela também está informal como eu... Ainda bem! Trouxe Sócrate, seu adorável filhote de cachorro da raça carlindogue, que neste momento deve estar zangado com os tornozelos de Flavia, considerando o jeito como os mordisca. Um pouco mais para lá reconheço Riccardo, o bom partido da burguesia romana, desta vez acompanhado por uma Barbie.

Inclino-me para fazer carinho em Socrate: é irresistível, com aquele focinho preto todo enrugado e amassado, e sabe bem até demais como ser adorado. De repente ouço uma voz familiar a distância, atrás de mim. Eu me ajeito, me viro e tenho uma queda de pressão repentina. Leonardo está aqui, junto com um homem que deduzo ser seu sócio. Giro-me rapidamente para o outro lado, implorando aos céus que ele não tenha me visto. Que raios ele está fazendo aqui? Achei que era um jantar dos sócios do escritório, não dos clientes. Tenho vontade de fingir um mal-estar súbito — a essa altura, nem seria tão difícil — e pedir que me levem embora imediatamente, mas acho que seria inútil.

E, de fato, eis que depois de um instante Leonardo larga seu amigo e vem me cumprimentar:

— Boa noite, Elena. — É um verdadeiro ator. Um sorriso ilumina seu rosto bronzeado, os olhos escuros. Aquelas ruguinhas que me deixam louca. Seus olhos são grandes demais. E, além do mais, aquelas sobrancelhas grossas, aquela boca carnuda. É tão desgraçadamente sexy. Mas odeio admitir isso.

— Boa noite. — Dou uma olhada sombria para ele. — O senhor por aqui também? — Desta vez não seria suficiente um drinque, eu tenho vontade de arremessar em cima dele toda a mesa cheia de copos de champanhe.

— Pois é. — Encolhe os ombros, exibindo um sorriso insolente. — Como era previsto, nos encontramos de novo — ele sussurra, então.

— Claro que não por minha vontade — rebato, noutro sussurro. A raiva sobe dentro de mim, incendiando meu rosto, e é apenas a chegada de Filippo que me obriga a suavizar o tom e acalmar a maldade que sinto crescer.

Ele cumprimenta Leonardo com um sorriso reluzente.

— Chef — diz, com um gesto do queixo.

— Arquiteto — o outro faz eco.

— Passou na obra hoje? — pergunta Filippo, com uma ponta de orgulho. É inevitável que falem do assunto, mas aquela fábrica no Aniene está virando meu pesadelo!

— Passei, acho que está tudo perfeito — Leonardo o bajula. — Vocês estão com fome? — pergunta, então, mudando logo de assunto. Talvez tenha percebido que eu levantava os olhos ao céu. — Rinaldi me encarregou da comida. Há robalos fantásticos — anuncia, satisfeito e um pouco conformado.

— Não vejo a hora de experimentar — exclama Filippo. É tudo tão normal para ele.

— Bem, vou deixar vocês um instante. — Leonardo vira-se e olha em direção às pedras com as grelhas, onde Riccardo está desajeitadamente às voltas com o fogo. — Vou socorrê-lo — diz, piscando para nós.

Nós o olhamos se afastar com aquela calça jeans rasgada que cai perfeitamente em seu traseiro. Ou, pelo menos, isso é o que eu estou olhando. Filippo vira-se para mim e eu desvio imediatamente o olhar.

Enquanto o grupo se distribui pelo jardim, algumas pessoas sob a cobertura, outras nas cadeiras de praia e nas espreguiçadeiras espalhadas por toda a parte, Leonardo mexe nas brasas ardentes e, com toques de pintor, pincela as grelhas com pequenos ramos de alecrim molhados no azeite. Abriu alguns botões da camisa e enrolou as mangas. Deve estar uma temperatura infernal por ali e talvez esteja suando muito, por isso pegou a habitual faixa branca e a amarrou em volta da cabeça. Observo-o daqui, sentada na espreguiçadeira ao lado de Isabella, com Socrate abanando o rabo, puxa-saco, entre minhas pernas.

Olho-o virar os lagostins e as sibas com aquelas mãos seguras até demais, colocá-los nos pratos com elegância e temperá-los com seus molhos de alquimista. A coisa espantosa é como um corpo tão viril e firme pode se exibir em gestos tão delicados e precisos.

Está tão desgraçadamente bonito que tenho vontade de matá-lo. De fato, eu o odeio, mas o desejo com todo o meu ser, o que significa agir contra mim mesma.

— Que noite incrível — diz Isabella. — Nunca tinha vindo aqui. É um paraíso! Rinaldi está mesmo bem de vida.

— Pois é. De tanto escravizar nossos namorados... — Trocamos um sorriso cúmplice, enquanto Socrate modela os dentes, roendo as pernas de plástico da espreguiçadeira.

— Seu sem-vergonha! — Isabella o pega pela coleira e o repreende. — Isso não se faz. Safado!

Sorrio.

— Vai ver que está com fome.

— Está, na verdade.

Seguro seu focinho e sussurro:

— Socrate, vá até aquele homem lá longe, que ele dá comida pra você. — Empurro-o em direção a Leonardo. "E aproveite para morder a perna dele", penso. Talvez os cachorros saibam ler pensamentos.

— Oh, ele só come suas porções enlatadas — especifica Isabella, conformada.

— Então nosso chef não poderá fazer nada por ele. — Minha voz destila sarcasmo.

De fato, na metade de sua corrida pelo gramado, Socrate dá uma guinada e agarra-se novamente aos tornozelos de Flavia, que já começa a dar claros sinais de impaciência.

Agora Leonardo abandonou seu posto e foi até o balcão de mármore um pouco mais para lá. Fatia as berinjelas que serão grelhadas, afundando a faca no coração com precisão assassina. Depois recheia os robalos com ervas aromáticas, enfiando suavemente os dedos no corte que foi feito ao meio. Conheço bem aqueles dedos, sei como se mexem na carne.

Uma garota morena supermagra com jeito de roqueira, corte de cabelo assimétrico e quilos de braceletes nos pulsos aproxima-se, sedutora. Não ouço o que dizem, mas ela está claramente flertando. E ele a deixa fazer isso, pelo que parece. Não consigo desgrudar os olhos deles, enquanto todo o meu ser se contorce de ciúme.

De repente, Leonardo levanta os olhos e me encara, desafiando-me com aquele olhar arrogante e desonesto. Tudo isso é louco, insuportável. Eu queria me levantar daqui e sumir para bem longe, talvez no fundo desse lago, mas a única coisa que sou capaz de fazer é me virar para o outro lado e ignorá-lo. Uma mistura de emoções acendeu-se no meu coração, enquanto a raiva se junta perigosamente com o desejo, que se arrasta debaixo da pele.

* * *

Durante o jantar, todos os convidados dão parabéns para "*o chef*", e é uma cansativa sucessão de elogios e comentários lisonjeiros entre um brinde e outro. Por toda a parte estão espalhadas garrafas vazias de vinhos caros e todos parecem bastante alterados. Até Filippo, que nunca perde o controle, está com os olhos brilhando e um sorrisinho caído nos lábios. Todos levemente embriagados, menos eu. Embora tenha motivos válidos, esta noite não estou com a menor vontade de ficar bêbada.

Quando Riccardo pede ao DJ — pois é, há até um DJ — para tocar *Another brick in the wall,* do Pink Floyd, as mulheres começam a dançar e os homens a se debater, cambaleantes, no gramado. Todos correm para o jardim e, em um instante, são uma massa só, se mexendo num único som. Rinaldi, completamente desarrumado, me arrasta para o bando animado e se joga em uma dança inconveniente e pesada. Parece um pudim tremendo no ritmo da música. Eu o acompanho, esboçando alguns passos e segurando uma risada com muito custo. Um pouco mais para lá avisto Leonardo, que está dançando com a morena, mas, quando seu olhar cruza com o meu, sinto a necessidade de me esconder atrás do corpanzil de Rinaldi e repetir para mim mesma — não muito convencida — que, afinal de contas, até que não danço tão mal assim.

O clima de euforia é tal que a Barbie de Riccardo aproveita para simular uma espécie de striptease, levantando, desinibida, a camiseta molhada sobre os seios turbinados, para alegria do público masculino.

Flavia a imita no mesmo instante: é ela a rainha siliconada da festa, que isso fique bem claro para todos. Um depois do outro, os convidados começam a tirar camisetas e camisas.

A essa altura a festa deu uma virada irreversível e não sei em que estado iremos embora. A música continua bombardeando das caixas de som e os corpos seminus se chocam: pés descalços no gramado e braços levantados para a lua. Parece quase um frenético ritual pagão com a natureza. De repente, Riccardo lança a ideia de tomar banho no lago.

— Todo mundo pelado! — grita, e, depois de ter tirado a roupa, toma um impulso e mergulha na água. Os outros vão atrás dele, menos Rinaldi, que permanece ofegante no balanço, acompanhado por Socrate. Eu gostaria de imitá-lo, mas Filippo chega agarrando minha mão e, apesar das minhas recusas, me ergue e arrasta até a margem.

— Você tem cinco segundos para tirar a roupa, ou a jogo assim como está — ameaça.

No fim eu me rendo e tiro a calça jeans e a camisa, ficando, como todos, só com roupa de baixo. Ainda bem que tive a intuição genial de combinar calcinha e sutiã antes de sair. A ideia de ser vista assim por ele e por Leonardo no mesmo momento me dá arrepios. Filippo me pega pela mão e alcançamos os outros, que continuam a festa na água.

Dizem que o lago é sempre calmo. Não é verdade. Esta água não é nem um pouco calma e nem doce, é uma onda suja de desejo. Filippo brinca de respingar água em mim, depois envolve meus quadris com os braços e me levanta por trás, beijando meu pescoço. Uma sensação de prazer desde a nuca percorre toda a minha coluna e vai descendo, encontrando um ninho entre minhas pernas. A um metro de nós está Leonardo, inquietante e perigoso como um tubarão. De novo, por um segundo, cruzamos os olhares e uma corrente submarina une nossos corpos, mergulhados no mesmo elemento.

Sinto-me atravessada por uma energia sexual insuportável. Tenho que sair deste lago escuro já.

— Vou lá fora me secar. Desculpe, mas estou com um pouco de frio. — Eu me solto dos braços de Filippo e, ignorando o olhar de Leonardo, saio rapidamente para a margem.

Está escuro. Um escuro profundo no qual é um alívio poder me esconder. Algumas pessoas ainda estão na água; outras, na beirada, acendem uma fogueira.

Do lado de fora faz frio. Cato a roupa que deixei na margem e uma toalha da pilha no chão, e a enrolo em volta do corpo. Percorro descalça a aleia que leva ao anexo da mansão, seguindo o trajeto de pequenas luzes amarelas encaixadas nas pedras. Dou um empurrão na porta de madeira e me refugio lá dentro: faz uma temperatura morna que me tranquiliza. No meio, encostado a um sofá vintage de couro, um abajur sofisticado reflete nas paredes uma luz laranja quente, e num canto uma fonte de vapor pinga água e espalha aros de fumaça, emanando um agradável aroma de pinho.

Coloco a roupa em cima de uma cadeira de grife — Filippo sem dúvida saberia o nome do designer que a projetou — e me aproximo do espelho que cobre a parede inteira. Tiro a lingerie molhada e prendo a toalha na altura dos seios, fazendo dela um minivestido. Então, dou uma olhada no meu rosto e noto que a maquiagem escorreu completamente na água, manchando debaixo dos olhos. Tento limpá-la com as mãos, mas não adianta quase nada, tenho que me conformar em parecer um panda. Tomando um pouco de distância do espelho, me inclino para sacudir o cabelo, deixando cair umas gotinhas no chão de mármore branco. Então, com um impulso decidido, jogo o cabelo todo para trás. Não consigo controlá-lo de jeito nenhum! Já está chegando bem abaixo dos ombros, um corte sem forma que começa a não me agradar: semana que vem vou dar um pulo no cabeleireiro.

Enquanto arrumo as mechas úmidas e rebeldes com os dedos, ouço um ruído surdo atrás de mim. Alguém abriu a porta.

Apertando-me na toalha, me viro na mesma hora e o chão treme. É Leonardo. Eu o olho como olharia uma presença demoníaca. Está com os olhos sombrios, o cabelo e a barba encharcados, o peito nu e as cuecas samba-canção grudadas na pele úmida.

Não consigo dizer nada, não posso abrir a boca porque tenho medo de que o coração pule para fora.

— Oi, Elena. — Apoia-se à porta e, esticando uma das mãos atrás das costas, dá uma volta na chave na fechadura.

Balanço a cabeça e dou rapidamente alguns passos para trás.

— Vá embora — ordeno, decisiva. Quero mesmo que saia, mas não consigo desgrudar os olhos dele. Está tão sexy que chega a doer. — Vá embora — faço um esforço para repetir. — Ou vou começar a gritar.

— Vamos, faça isso. — Leonardo se aproxima e invade meu espaço com sua presença provocante.

— O que disse a você da última vez não foi suficiente? — Sustento o olhar, fingindo estar calma. — Pois eu achei que a ideia estava clara.

Ele sorri e ignora meu protesto. Agarra-me pela cintura, afastando minha mão do peito. Sinto a toalha se soltar levemente sobre os seios e só rezo para que não se abra.

— Ah, então agora há pouco eu devo ter entendido mal... Nós não estávamos nos olhando, certo, *Bibi*?

Eu o odeio. Ele tem que sumir da minha vida.

— Eu não estava olhando você, mas a morena que estava no seu pé. Gostei do corte de cabelo dela — continuo me defendendo com a ironia, mas sua segurança me domina. Ele sabe que pode fazer o que quiser comigo.

— Já eu estava olhando justamente você. — Coloca a mão em meus ombros. — Eu devo estar enganado, mas parecia que você queria me dizer algo com os olhos. — Sua voz é de veludo, agora.

— Sim, queria dizer pra você ir pro inferno e se mandar da minha vida e especificamente dessa festa, já que eu não posso — respondo, rápida.

O contato de sua pele com a minha é insuportável. Sinto-me quase violada por aquelas mãos experientes e familiares. Seu toque se espalha pelos meus braços e se reflete sob a superfície do meu corpo, me dando calor. Penso em Filippo, em suas mãos delicadas e doces, mas no exato momento em que o visualizo, sua imagem perde nitidez, desaparecendo. O fato é que ninguém nunca me tocou como Leonardo. Olho-o nos olhos e um arrepio assustador desliza pela minha coluna. Não sei o que é essa repentina vontade de me esquentar que percorre minhas vísceras, esse perigoso desejo de me entregar. Talvez já seja tarde demais.

— Era isso que você planejava quando entrou em contato com Filippo para aquele trabalho. Estava contando com situações desse tipo — sorrio, consciente de estar cedendo. Instintivamente me viro em direção à janela e, aliviada, noto que está fechada. — Mas foi uma péssima ideia, Leo.

É nesse instante que ele agarra meu queixo e captura meus lábios com os seus. Eu queria me soltar, mas é impossível. Não consigo fazer nada para afastá-lo. A única coisa que quero fazer é continuar a beijá-lo.

Toco de leve seu rosto com mãos hesitantes, passando os dedos em sua barba úmida e áspera.

— O que devo fazer com você? — pergunto, enfraquecida, impotente.

Leonardo fecha os olhos e minhas mãos procuram seu cabelo.

— Você deve apenas se entregar ao que deseja — sussurra.

De repente, o mundo fora daquela janela parou de existir. Não ouço mais as vozes dos outros, os gritos, os barulhos da festa, o vento. Só escuto ele, Leonardo. E nosso desejo que arde, além do bem e do mal.

Nossas línguas se procuram, uma consumindo a outra, e nossas respirações ofegantes se fundem em uma coisa só, líquida e profunda.

Leonardo afasta a ponta da toalha e enfia as mãos por baixo, que passam rápidas para os meus quadris e escorregam para agarrar minha bunda. Elas me apertam, cheias de desejo, depois percorrem o contorno das minhas nádegas e, enfim, seus dedos chegam para acariciar o períneo com sábia delicadeza. Em seus olhos vejo uma faísca perigosa. Aperta-me forte para si até fazer com que eu sinta como está pronto para libertar aquela urgente necessidade de sexo. Com uma mão segura sua ereção e com a outra mete devagar um dedo dentro de mim. Sinto-o explorar até o fundo, e a cada toque minha pele cede, abrindo-se à passagem daquela mão experiente. Deixo escapar um gemido.

— Isso não está certo — murmuro. — É melhor pararmos. — Digo isso, mas não consigo deixar de me agarrar em seu pescoço com os braços e procurar um mamilo dele com a boca. A toalha escorrega sobre a minha pele, mostrando meu seio.

— Você me quer, Elena. Eu sinto isso — sussurra, atirando a toalha no sofá. Agora estou completamente nua. — E eu quero você — continua. Sua voz me deixa tonta, inundando-me de calor. Seus olhos me paralisam.

Não tenho mais força para falar. Quero o que ele quer. É verdade. O desejo entra em mim e me envolve toda, irradia-se por todos os poros do meu corpo.

Leonardo me empurra para o sofá e, abaixando a cueca, se mete entre as minhas pernas. Sua boca, insaciável, invade a minha. Sem que eu possa controlá-los, meus quadris se levantam para ir ao encontro dele. Leonardo está em toda a parte, na pele e no coração, me domina até tirar meu fôlego, me devora com a língua e com as mãos, e meu corpo responde, envolvendo-o. Eu o quero dentro de mim, assim, impiedoso e brutal, quero que me preencha com seu desejo, que se funda comigo.

Está prestes a acontecer, quando uma voz de fora nos bloqueia.

— Bibi, você está aí? — É Filippo. Bate com a mão fechada à porta. Uma descarga de adrenalina e terror me paralisa.

— Sim — respondo, tentando controlar o tremor da voz —, estou me vestindo.

Leonardo ainda está imóvel em cima de mim, quase dentro de mim, e nossas respirações se misturam. Tomada pelo pânico, empurro-o para longe e me levanto. Por um reflexo condicionado, pego a toalha e me cubro.

— Está na hora da sobremesa — continua Filippo. — Você vem?

— Já estou indo, *amor*. Só um instante. — A voz, dessa vez, sai estridente e nervosa.

Minha cabeça roda e o sentimento de culpa me dá uma forte sensação de vertigem e de desejo insatisfeito. Apressada e furiosa, coloco a calcinha, abotoo o sutiã e escorrego para dentro da roupa.

Leonardo, enquanto isso, se jogou no sofá, nem um pouco perturbado. Cruza os braços atrás da nuca e levanta a sobrancelha.

— *Bibi* — sussurra, com ar irreverente.

Tenho vontade de lhe dar um tapa, mas também de cobri-lo de beijos.

Dou uma sacudida nos cabelos diante do espelho e, ao fazer isso, percebo seu olhar colado em mim. Viro-me para dizer algo, mas depois paro. Uma única inegável certeza fica clara dentro de mim: eu ainda o desejo. Se Filippo não estivesse lá fora, eu o apertaria forte, queria lambê-lo para sentir seu gosto antes de retomar de onde paramos e me livrar dessa maldita vontade.

— Não se mexa daí — ordeno, indo para a porta.

Ele se ajeita melhor no sofá e levanta os braços em sinal de rendição. Uma expressão tranquilizadora desenha-se em seu rosto, como se dissesse "pode ir despreocupada".

Abro a porta e logo a fecho, batendo-a atrás de mim. Vejo Filippo, sentado de braços cruzados no murinho da aleia. Está brincando com o pé de cobrir e descobrir a luz de led que é refletida calçamento.

— Ei... — Ele se levanta e vem ao meu encontro. — Você não voltou mais. Fiquei preocupado! — Envolve minha cintura com suas mãos delicadas. Depois do que acabou de acontecer, é uma tortura me acostumar de novo com aquele contato.

— Você sabe como eu sou. — Olho para o chão. Mentir para ele olhando-o nos olhos seria demais. — Sempre demoro a vida toda para me trocar.

Sinto-me mal. Porque é ele o homem que amo. E queria que um meteorito caísse em cima da lembrança do que aconteceu há cinco minutos. Embora ainda sinta aqueles momentos sobre a pele, me pressionando o coração.

Abraçados, eu e Filippo vamos até a beira do lago e nos sentamos ao redor da fogueira junto com os outros. Estão comendo o doce com licor de Amaretto feito por Leonardo. Uma de suas criações. Faço um esforço para prová-lo, mas não consigo engolir. Há algo que raspa minha garganta, e aquela sensação fica ainda mais forte quando, um tempo depois, *o chef* chega assoviando, como se tivesse acabado de sair de uma massagem relaxante. Esperou um pouco antes de sair do anexo. A garota com o corte de cabelo estranho chega perto dele, abanando o rabinho.

— Este doce é divino. — Flavia dá os parabéns. — Quero a receita.

— Sinto muito, mas é segredo. E os segredos, todos sabem, nunca devem ser revelados — ele responde, olhando em minha direção.

Apoio-me no encosto da cadeira de praia, exausta, completamente sem forças. Sinto a umidade do lago entrando em meus ossos e os músculos se renderem. Eu só queria ir embora daqui.

Como se tivesse sido atingido pelo meu pensamento, Alessio levanta-se e, espreguiçando, diz:

— O que vamos fazer? São quase cinco horas da manhã. Acho que está na hora de ir embora, não é?

— Claro, vamos! — Eu me levanto, juntando as últimas energias. A lua já se pôs e, além do horizonte, um novo amanhecer me espera.

Chegamos a uma Roma iluminada pelos primeiros raios de sol. Eu queria apagar essa luz, calar os pássaros e voltar atrás para a noite de ontem. Em silêncio. Não estou pronta para um novo dia. Agora só quero dormir.

# 9

Falta uma estação para a minha. Esta manhã o metrô está mais vazio que o normal e consegui sentar. Há alguns minutos estou observando uma propaganda nas telas do vagão, com a relação dos próximos eventos e espetáculos organizados pela prefeitura. Depois dos avisos, com um efeito sonoro tipo ondas do mar, aparece uma citação com letras garrafais: "Existe apenas uma estação, o verão, tão bonita que as outras giram em torno dela." Ennio Flaiano. Nada de mais verdadeiro, penso. Não ficar feliz no verão é um crime imperdoável.

É o primeiro fim de semana de agosto e estou indo para o trabalho. Às vezes me pergunto com que força consigo pular fora da cama às sete da manhã de um sábado. Vai ver que é o meu jeito de permanecer com os pés na realidade, para manter um mínimo de equilíbrio mental: enquanto sei que existe um restauro que devo terminar, minha vida parece ter um objetivo.

No fim de semana passado, depois da festa no lago, estive em Veneza com Filippo. Eu tinha prometido isso a ele e não me arrependi. Fomos ver o apartamento dos seus sonhos, que nós dois achamos maravilhoso, muito mais do que nas fotos. Fantasiamos, andando pelos cômodos vazios, imaginamos uma vida entre aquelas paredes tão receptivas e luminosas, mas ainda não dissemos o nosso "sim". É um passo importante e eu ainda não tenho certeza se quero dá-lo.

E não é apenas uma questão de valores.

Depois do que aconteceu na festa, minha cabeça está num caos total. Em um momento amo Filippo loucamente; no seguinte, seus cuidados constantes, seus gestos atenciosos quase me irritam e a involuntária comparação com o *outro* é imediata: tento reprimir, mas Leonardo é uma doença que não me dá trégua. Porque a obsessão é mais forte que a minha vontade.

Em Veneza também visitei meus pais, que nesses meses em Roma me fizeram muita falta: achei-os rejuvenescidos e tranquilos, principalmente meu pai, que está vivendo a aposentadoria melhor do que se podia desejar. O ex-tenente Lorenzo Volpe se dedicou até ao teatro, sua paixão de sempre. Parece que tem talento e eu soube por minha mãe — sob juramento de silêncio absoluto — que chegou a se candidatar como figurante para o cinema.

O único ponto fraco do fim de semana veneziano foi não ter visto Gaia, mas sua ausência tinha justificativa. Seu amado Samuel, depois da vitória no *Tour de France*, a raptou e a levou de férias às Maldivas, prometendo a ela dias e noites ardentes. Finalmente resolveu fazer o papel do namorado em tempo integral e, pelo que Gaia me escreveu, parece que tem se saído bem nisso.

Acabei de subir à superfície e estou deixando o Coliseu para trás, quando ouço meu celular tocar na bolsa. No visor aparece DESCONHECIDO. Quem pode ser? Começo a suar, achando que é ele, Leonardo. Em um segundo preparo na cabeça um discurso agressivo e estou pronta para atender.

— Elena? — Uma voz feminina, acompanhada por um leve chiado.

— Sim... — respondo num fio de voz. Escapei do perigo.

— Oi, aqui é Gabriella. — Agora aquele tom, calmo e relaxado, ganha as formas de um rosto familiar. É Borraccini! O que será que ela quer às oito e meia de um sábado de manhã?

— Bom dia, professora — exclamo, tentando parecer o mais acordada possível.

— Escute, estou no trem. Estou indo para Roma — anuncia. — Vou dar uma palestra na Escola de Verão de Restauro hoje à tarde, mas de manhã estava pensando em passar para ver como estão indo os trabalhos.

Um arrepio de terror percorre minha coluna.

— A senhora quer ir a San Luigi? — pergunto, buscando uma confirmação inútil de seu recado já claríssimo.

— Quero. Assim que chegar à estação.

— Ótimo! Será um prazer. Eu também estou indo para lá. — Finjo um entusiasmo difícil de acreditar, enquanto penso em tudo o que ainda não fiz no afresco. Pânico.

— Avise Ceccarelli, por favor — corta ela, como se tivesse pressa para terminar a ligação. — E estejam na igreja às 11. Vou chegar a essa hora — precisa.

— Está bem, professora. — Tento esconder a ansiedade atrás de um tom profissional. — Então, até mais tarde.

Alargo a passada e, ignorando sinais vermelhos e faixas de pedestres, milagrosamente consigo chegar à igreja alguns minutos antes das nove. Estou suando em bicas e minha boca está seca como se tivesse corrido uma maratona de 10 quilômetros toda em subida, mas, assim que atravesso o portal da entrada, o fresco e o sossego desta igreja já me produzem um efeito calmante imediato.

Paola já está no andaime, com o uniforme de restauro e os cabelos presos na nuca.

— Você foi pontual esta manhã!

— Como sempre, não? — rebato, irônica. Geralmente, apesar dos esforços mirabolantes e dos dez despertadores consecutivos, programados para poucos minutos um do outro, nunca estou no trabalho antes das dez. — Temos visita — informo, colocando às pressas o macacão por cima da calça curta e da camiseta.

— Como assim? — Paola se vira, curiosa.

— Borraccini está vindo nos ver — respondo, enrolando as mangas enquanto subo no banco alto. — Acabou de me ligar.

— Ah — Paola se limita a comentar, levemente contrariada. — E o que vem fazer aqui?

— Ela quer dar uma olhada, pelo que me disse. E confesso a você que essa situação me deixa um pouco nervosa.

— Sou eu a responsável por este restauro, é o meu julgamento que você deveria temer, não o dela — especifica, seca.

— Claro, Paola. Mas foi ela que me arrumou este trabalho e queria que tivesse uma boa impressão de mim.

— Certo, mas o fato de você ter conseguido mantê-lo é um mérito só seu.

Fico perplexa: é a primeira vez que Paola me faz um elogio. Nem tenho tanta certeza de ter entendido bem, porque ela se virou de costas, mas quero acreditar no que meus ouvidos escutaram.

— E, de todo modo, nunca gostei de surpresas — resmunga, azeda.

— Tem razão... — eu a contento, subitamente desaforada —, que se danem Borraccini e suas manias de controle.

Paola me dá uma olhada estranha, que interpreto como cúmplice. Tenho a impressão de que um inimigo comum nos torna mais solidárias do que meses de trabalho juntas.

— De qualquer maneira, eu também tenho que lhe dar uma notícia — diz, pouco depois.

— Boa, não é? — Viro-me e a observo do alto do andaime com os olhos arregalados.

Concorda, esboçando um sorriso.

— Padre Sèrge nos indicou para a Academia da França. Parece que nos levarão em consideração para os próximos restauros.

— Maravilha! Temos que comemorar, então! — exclamo e sinto o impulso de descer do banco alto para bater as mãos com ela, mas talvez Paola já tenha se excedido o suficiente hoje.

Estamos profundamente concentradas no nosso trabalho, quando uma voz baixa e vibrante ecoa atrás de nós.

— Bom dia, meninas. — É ela. Gabriella Borraccini, a rainha da restauração. Sobe os degraus e para no meio da capela, nem demonstra seus 50 anos. Parece recém-saída de um salão de beleza, impecável, corte de cabelo anos 1920, lábios pintados de um vermelho vivo, bochechas polvilhadas com uma fina camada de blush. Usa uma calça bege plissada, uma camiseta listrada de branco e azul-marinho, um originalíssimo colar de pérolas negras gigantes, amarradas com uma fita branca de gorgorão (quero um igual!). Nos pés não podiam faltar os Tod's,* que ela usa de cores diferentes de acordo com a estação do ano — agora são brancos — e uma valise cara de couro azul-marinho a tiracolo.

— Bom dia — respondo, descendo depressa dos andaimes. — Bem-vinda. Fez boa viagem? — Percebo que, apesar da atitude rebelde de pouco antes, estou instintivamente assumindo uma postura de respeito. Não posso fazer nada: essa mulher me dá medo.

— Fiz, obrigada — responde ela, enquanto troca com Paola um aceno frio. Ela, ao contrário de mim, não está nem um pouco constrangida, ou melhor, parece mais distante e irritada que de costume.

— Então, como vão os trabalhos aqui? — Dá uma olhada rápida no afresco da *Anunciação,* que Paola protege, sem nem fazer menção de mudar de lugar, depois se aproxima da parede com a *Adoração dos Magos,* a minha.

— Ainda não está pronto, hein — eu me justifico rapidamente.

— Sim, de fato. Ainda há diversas coisas a serem feitas — concorda. Pousa a mão no queixo, o olhar aguçado e observador.

— Talvez eu colocasse um pouco de brilho aqui e deixasse opaca esta área e, além disso, as expressões dos rostos deveriam ser reforçadas. Esse vermelho, porém, não está muito bom. — Pronto, encontrou o defeito. Quando Borraccini diz "não está muito bom" geralmente significa que tudo deve ser refeito.

— Na verdade essa cor respeita a original. E, de todo modo, ainda não está acabado. — Paola se intromete em minha defesa. Incrível! Mas talvez esteja somente marcando o território, colocando a intrusa em seu devido lugar: em outras palavras, se existe alguém que pode criticar, é ela e mais ninguém.

---

* Marca de sapatos italiana, famosa pelos modelos de mocassim. (N. T.)

— Claro, é óbvio — responde Borraccini, diplomática. Eu não esperava uma reação tão submissa dela. — Vocês se deram bem trabalhando juntas, afinal — acrescenta, então, como se quisesse mudar de assunto.

— Sim — respondo, em nome de Paola também.

A professora me olha, esboçando um sorriso malicioso.

— Então Paola não a botou para fora correndo no terceiro dia, como aconteceu com as pessoas que vieram antes de você.

— Não, por quê? Está indo tudo muito bem — rebato, enquanto noto que Paola fechou a cara. As maçãs do rosto ficaram duras e raivosas, como sempre acontece quando está tensa.

— Eu não mando embora ninguém que demonstre realmente querer ficar — contesta, glacial. De novo, não leva o jeito de ser um elogio dirigido a mim.

Há um momento de silêncio pesado, em que as duas mulheres trocam um olhar de alta tensão. Imediatamente viajo: existe algo de não resolvido entre as duas, talvez rivalidade acadêmica ou — quem sabe — histórias com homens.

Borraccini é a primeira a aliviar o clima com um sorriso forçado.

— Bem, meninas, não vou mais roubar o tempo de vocês. Vou à Escola de Restauro. — Ajeita a valise a tiracolo. — Foi um prazer vê-las novamente. Bom trabalho.

Olho Paola, que segue Borraccini com os olhos até ela estar fora do nosso campo de visão. Tem uma expressão que me faz desistir de lhe fazer qualquer pergunta, de emitir qualquer som, até mesmo uma respiração. Pelas próximas horas é melhor eu trabalhar em silêncio absoluto. Devo ficar invisível.

Por fim estou em casa, destruída. Abro a porta e resmungo um "oi", acertando as chaves no porta-objetos da entrada e me livrando desajeitadamente dos tênis pelo corredor. Já estou na sala quando levanto o olhar do chão e percebo que ao lado de Filippo há outra pessoa me esperando.

Gaia sorri para mim e grita:

— Surpresaaaa!

Meu Deus, não posso acreditar! Estou tão feliz que poderia chorar: não vejo minha amiga há cinco meses e agora ela está aqui na minha frente, toda bronzeada do sol das Maldivas, no fim deste longuíssimo sábado de verão.

— Você tem que agradecer a ele! — Gaia aponta o indicador pintado com um esmalte roxo para Filippo. — A ideia foi dele. — Então escancara os braços para me receber e me atropelar com seus beijos — e reparo que nos lábios também está usando um gloss roxo, a cor do verão.

— Cretina! Mas por que demorou tanto a vir? — Dou um abraço apertado nela, me derretendo toda em seu minivestido de seda verde. Está toda cheirosa, e suadíssima, hoje foi um dia realmente abafado. Procuro o olhar de Filippo e lhe sussurro um "obrigada". Essa é a enésima prova de que ele me ama de verdade.

Gaia anuncia que vai ficar o fim de semana todo e só de pensar nisso fico cheia de energia. Esqueço o sábado de trabalho e o estresse por causa da visita de Borraccini. Gaia continua em forma e ainda mais bonita sem o salto 12, com um simples par de sandálias de amarrar. Mas com aquele cabelo loiro brilhante, as unhas muito bem-cuidadas e a pele perfeita e luminosa, o simples dela significa ter muito mais glamour que eu.

— Bem, meninas, vou deixar vocês sozinhas: vou encontrar Alessio e Giovanni, uma noitada de homens. — Filippo sai da linha de fogo e, pela sua expressão, percebo que a combinação Elena-Gaia o aterroriza um pouco. Ele me olha e, piscando, me diz: — Não falem muito mal de mim.

— E você trate de não sair por aí com seus colegas paquerando todas — respondo, e é a minha vez de piscar.

Depois que Filippo vai embora, eu e Gaia tomamos um coquetel sentadas no sofá. Por um instante tenho a impressão de ter voltado para Veneza, de estar no meu apartamento de solteira, mais ou menos desesperada. A lembrança das nossas noites em que uma socorria a outra nos entupindo de amendoins e sorvete me traz por um momento aquela sensação de intimidade que me fez falta em todos esses meses.

— Então, antes de vir eu me informei e selecionei dois convites para as nossas noites — diz Gaia, sacudindo diante dos meus olhos um verdadeiro carnê de entradas para festas e espetáculos variados. — Como a conheço bem, sei que você não deve ter saído de casa e ainda não aproveitou nada do verão romano.

Bem, Gaia, no geral você está certa, embora... O pensamento dispara para a noite da festa no lago, para Leonardo e para as loucuras que eu estava prestes a fazer com ele. Eu queria lhe confessar tudo, mas sinto que ainda não é o momento, assim digo apenas:

— Você acabou de chegar e já está me dando bronca! Vamos falar um pouco do que você tem para me contar, *querida...*

Gaia se acomoda bem no sofá, aperta os lábios carnudos com um movimento estudado e tira da sua Balenciaga branca com franjas a revista "GQ", colocando em meus joelhos.

Agarro a revista e fico boquiaberta. Na capa está Samuel Belotti, peito nu e calça jeans rasgada, cabelo loiro acobreado despenteado e um pingente tribal no pescoço. Olhar insolente e seguro de si. Lembro de alguém.

— Mas qual é a cor dos olhos desse homem? — É a primeira pergunta que solto. Nessa foto também não consigo entender: verde, cinza ou castanho?

Gaia começa a rir.

— A cor muda de acordo com o humor. — Pega a revista de volta e fica observando a capa com ar sonhador. — Imagina que agora também virou escritor. — Suspira, como se estivesse apreensiva. — Na edição on-line da revista ele tem um blog no qual fala do dia a dia de esportista. Na realidade, são os caras da redação que escrevem, mas nem te conto a quantidade de mulheres que deixam comentários.

— E você está com ciúme?

Gaia concorda, conformada.

— No início isso me deixava muito agoniada, até brigamos. — Então para e me olha desorientada, como se nem ela estivesse convencida do que está para me dizer. — Mas ele jurou que só ama a mim. E eu acreditei nele. — Sorri para mim, temerosa, esperando uma bronca. — E aí? Não vai me dizer que sou uma coitadinha de uma ingênua? — pergunta.

— Não, não é — respondo. — Me dê apenas um motivo válido pelo qual um homem não pode amá-la de verdade. Mas, você vai me contar ou não como foi a viagem às Maldivas? Você está cheia de segredos, esta noite! — Eu a animo, porque esse clima meloso começa a me aborrecer.

— Maravilhosa. Quem dera tivesse durado mais — responde ela e morde o lábio. — Mas ele agora já está treinando para as últimas competições da temporada.

— Está com saudade dele?

— Morrendo. É meu primeiro pensamento quando acordo e o último quando vou dormir. Sei que pareço uma piada, eu mesma fico espantada comigo às vezes! Estou com medo de ter virado uma completa imbecil por culpa do Samuel.

— É, eu sei como a gente se sente — deixo escapar.

Gaia sorri para mim, acha que estou me referindo a Filippo. Mas infelizmente não é assim.

— Encontrei Leonardo de novo.

Pronto, falei.

— Leonardo? — exclama, os olhos arregalados, incrédula.

Meu estômago se aperta um pouco ao ouvir seu nome pronunciado em voz alta, e de repente gostaria que ele se chamasse Paolo ou Marco, ou como outros amigos ou conhecidos. Agora que penso nisso, é o único Leonardo que conheço.

— Eu sei — resmungo e tento ganhar tempo bebendo um longo gole de Bellini. — Eu deveria ter lhe contado antes. Quase falei uma noite, mas, bem, não queria confessar isso por Skype. — Percebo que estou gaguejando. Então procuro me recompor e tento contar a história de outra perspectiva, mas não funciona.

— Droga, Ele, depois de tudo o que aconteceu. Você caiu nessa de novo? — Seu tom deixa transparecer mais ansiedade que desaprovação.

— Eu juro, Gaia. Não é culpa minha. Foi mais forte que eu.

— Vamos, me conte. Quero saber todos os detalhes.

Àquela altura, não tenho mais saída. Conto tudo, do nosso primeiro e fatal encontro, das escapadas clandestinas, dos sentimentos de culpa em relação a Filippo, da decisão de não vê-lo mais e das tentativas de Leonardo de ainda fazer parte da minha vida.

— Mas já é uma história acabada, morta e enterrada — concluo, convencida. — Estive a um passo de cometer um grande erro, arriscando estragar tudo com Filippo, mas consegui deixar o passado para trás. Agora estou melhor e não vou permitir que nada nem ninguém destrua nossa relação.

Depois de alguns segundos de silêncio, em que ela parece montar as peças do quebra-cabeça em sua mente, vira-se com um pulo para mim, fazendo tintilar os brincos de diamante, e me encara:

— Você tem certeza de que ama mesmo Filippo?

— Tenho. E nunca estive mais convencida disso. — A velocidade com que digo isso quase me assusta.

Ela continua a me estudar, como se estivesse decidindo se deve acreditar em mim ou não.

— Ele desconfia de alguma coisa?

Essa pergunta traz à tona novamente o sentimento de culpa.

— Acho que não.

— Você pretende lhe contar alguma coisa?

— Eu... talvez devesse...

— Não! — ela me corta, autoritária. — Não faça essa besteira. Não deve dizer nada a ele.

— Tem certeza? — A sinceridade sempre foi a base da nossa relação.

— Absoluta. Se acabou, não faz sentido contar justamente agora.

— Mas pra mim é um peso continuar escondendo isso dele. Queria poder confessar tudo e recomeçar do início, com o coração mais leve e sem mentiras entre nós.

— Ele, isso só faria com que vocês brigassem. Ou até mesmo terminassem. O que você acha? Que ele vai te perdoar e continuar a te amar como se nada tivesse acontecido?

Ela tem razão. Dizer tudo a Filippo só serviria para aliviar minha consciência. Se eu quiser que a nossa história continue, acho que terei que carregar sozinha esse peso.

— Confie em mim. É melhor assim. Com o tempo você também vai se perdoar e terá cada vez menos sentimento de culpa. — Coloca uma mão na minha cabeça. — Mas não faça mais besteiras. Filippo gosta demais de você.

— Eu sei, Gaia. — O próprio fato de ela estar aqui é a prova disso. — E garanto a você que eu também gosto dele.

É domingo à noite, e depois de um dia exaustivo de compras no centro, meus pés estão doendo, mas ainda tenho alguma energia para passar as últimas horas com Gaia, que amanhã à tarde vai embora.

— Vou levar você a uma festa gay — ela me revela enquanto estamos nos arrumando para sair. — É um amigo meu que organiza, numa casa noturna em Testaccio.

Conheço bem a filosofia de Gaia sobre o tema: as festas gays são as mais divertidas, com a música mais maneira e as pessoas mais moderninhas e, não sei como, onde as pessoas mais se dão bem.

— E que raios temos que vestir pra ir a uma festa gay? — Estou dando uma geral em praticamente todas as minhas roupas, mas tenho a impressão de que nenhuma serve.

— O que você quiser, Ele! — ela me diz, pegando na mala um vestidinho preto de lantejoulas. — Mas se for um pouco puta, melhor.

Enquanto nos trocamos e desfilamos do quarto ao banheiro com looks impossíveis, Filippo está largado no sofá da sala, a TV ligada e o fiel iPad na mão. Nós o deixamos um pouco de lado, mas ele não dá muitos sinais de impaciência. De vez em quando nos espia e balança a cabeça, disfarçando algumas risadinhas debochadas. Deve estar pensando que somos piores que duas adolescentes. E, de fato, não está de todo errado.

Depois de uma hora caprichando nas produções, por fim estamos prontas. Avançamos confiantes em direção à sala com nossos saltos 12 (esta noite o salto é obrigatório, até para mim!), desfilando diante de Filippo.

— Deem licença, estão na frente da TV — comenta, com jeito distraído, e depois começa a rir.

— Você não sabe dar valor, não reconhece nosso look! Adeus — digo, arrastando Gaia para a porta.

— Ah, Bibi — ele me chama.

— Sim? — Eu me viro.

— Antes que eu esqueça... — Ergue-se no encosto. — Chegou o convite para a inauguração.

— Que inauguração?

— Do restaurante de Leonardo, ora — explica. Uma onda de calor invade meu rosto. Eu tinha apagado aquilo completamente.

— Sim — digo, saindo do meu estado de confusão. Olho Gaia, que permanece impassível. Ela sempre sabe segurar as pontas por mim. Eu, porém, ainda sou uma amadora.

— É sábado à noite — diz Filippo.

— Perfeito! — respondo, rápida. Embora, francamente, não sei se deva mesmo acompanhá-lo. Então se dirige a Gaia: — Pena que você já vai embora, iria gostar: é um lugar que reformamos recentemente.

— Fica para a próxima, se vocês ainda me quiserem — rebate ela, piscando para ele.

— Mas agora vamos, senão vamos chegar muito tarde. — Empurro Gaia porta afora.

— Divirtam-se... E juízo! — grita Filippo.

— Claro — respondemos em coro e corremos para o elevador.

Enquanto descemos, Gaia me interroga com o olhar e confirmo que o restaurante em questão é o mesmo que Leonardo usou como pretexto para se aproximar de Filippo.

— Mas não quero pensar nisso agora — imploro. — Esta noite não quero pensar em nada.

Chegamos ao Ketumbar quase às dez. O interior da casa noturna é extraordinário: amplos espaços com tetos arqueados e um longo balcão semicircular que atravessa as várias salas. Funciona numa construção que se estende ao lado das ruínas da época romana — o *Testaceus*, justamente — que dá nome ao bairro. De algumas vidraças podemos entrever uma sequência: camadas sobre camadas de escombros acumulados durante séculos.

— Que espetáculo! — exclamo, dando a Gaia uma olhada de aprovação.

— Você sabe que eu sempre a levo nos melhores lugares — observa minha amiga com certo orgulho. Sobre isso não há dúvidas: a rainha da noite e das relações públicas triunfa também em Roma.

E, a propósito de relações públicas, ela vai logo cumprimentar uma garota morena do staff, vestida de homem: gravata-borboleta preta e suspensórios presos sobre a camisa branca, lábios vermelho Valentino.

Exibindo um sorriso esplendoroso, ela nos leva até nossa mesa.

— Aqui está. Lugar vip — diz a Gaia. — Reservei especialmente para você.

— Obrigada, Alessia. Sabia que podia contar com você. — Gaia dá um puxãozinho na gravata dela. Depois se vira e cumprimenta calorosamente um dos garçons. Ela continua a mesma. Onde quer que vá, domina completamente a situação.

Enquanto esperamos o primeiro drinque, olho ao redor e percebo que quase todo mundo está vestido de branco.

— Gaia, ehh... Como vou dizer... Acho que estamos um pouco fora do tema — digo. Eu de azul, ela de preto.

— Ai, meu Deus! — exclama, levando uma das mãos à testa. — Era o traje da noite! Estava até especificado no convite!

Pronto, horas e mais horas de preparativos para depois cometer uma gafe horrorosa dessa.

— Tudo bem, isso significa que esta noite nós chamaremos atenção. — Encolho os ombros.

— Duas lésbicas excêntricas.

— Exatamente, meu amor. — Sopro um beijo na palma de sua mão e explodimos numa gargalhada sonora.

Depois que nossos drinques chegaram, nos jogamos no buffet e provamos bolinhos de arroz fantásticos e um ótimo cuscuz com *pinoli* e passas. Depois terei tempo de me preocupar com minha indigestão.

Uma hora mais tarde, a festa bombou. Como sempre, Gaia estava certa: o ambiente é requintado e elegante, as luzes difusas, a música no volume certo e escolhida com sabedoria. Dalida e Edith Piaf em versão remix se revezam com Kylie Minogue e Lady Gaga, passando por Cyndi Lauper e David Bowie. Um monumento aos ídolos gays.

Do teto da sala central e um pouco por toda a parte pendem pequenas folhas de papel presas em fitas de cetim branco: são citações de Pasolini, Oscar Wilde, Thomas Mann, Virginia Woolf e certamente alguns outros membros ilustres desse mesmo monumento.

Deixei todas as preocupações de lado e estou me divertindo mais do que tinha prometido a mim mesma, até porque todos parecem alegres e o clima é contagiante. Gaia me apresenta o organizador, seu amigo, um cara moderninho de 30 anos — armação de óculos grande e preta e camisa quadriculada — então me joga na pista e me ordena que dance. Claro que obedeço.

Já estou no quarto drinque da noite, para ser precisa um gim lemon extraforte, meu preferido, quando, da nossa mesa, percebo a distância uma cabeleira familiar. Focalizo uma figura magra sentada de costas. E se fosse apenas uma pessoa parecida com ela? Humm... Mas com o mesmo corte de cabelo, a mesma idêntica cor e o mesmo colar de pérolas gigantes? De repente a figura se vira quase completamente. Consigo ver melhor o perfil delicado e todas as minhas dúvidas desaparecem num instante. É Borraccini.

Chamo a atenção de Gaia.

— Minha professora está aqui — sussurro no ouvido.

— Mas você está bêbada? Você não se dá bem com o álcool.

— Juro. — Seguro Gaia pela nuca e giro seu pescoço, indicando para onde olhar. — Lá. Sentada àquela mesa perto da vidraça.

— Tem certeza? — ela insiste, arregalando os olhos.

— Absoluta.

— E o que está fazendo aqui?

— Eu também gostaria de saber — respondo, perplexa. — Parece que está esperando alguém. Continua olhando pro balcão. Você acha que eu deveria ir falar com ela?

Quando, um instante depois, uma mulher loira e muito bem-cuidada vai até ela com um drinque e lhe dá um beijo apaixonado na boca, fico sem palavras.

— E aquela lá quem é? — diz Gaia, se divertindo cada vez mais.

Meu Deus, não posso acreditar. Olho-a com a boca aberta e os olhos arregalados.

— É Paola, minha colega. — Está completamente diferente de como geralmente a vejo: com uma maquiagem digna de desfile e um tubinho branco supersexy; nos pés, saltos altíssimos.

— Sua colega... — repete Gaia.

— Isso.

— ...está com sua professora.

— Obrigada por ter resolvido o quebra-cabeça.

— Meu Deus, que história absurda! — Ela começa a rir.

É absurda mesmo. Até onde eu sei, Borraccini tem um casamento feliz com um empresário do Veneto e tem até uma filha de 15 anos.

— Que estranho — reflito em voz alta. — Ontem de manhã parecia que se odiavam.

— Devem ter feito as pazes, Ele — Gaia comenta, continuando a olhar.

Decido que a melhor coisa a fazer é não me manifestar. Está claro que elas têm um caso às escondidas e acho que não gostariam que eu fosse lá dizer boa noite.

Estou quase pedindo para Gaia mudar de lugar, quando me dou conta de que é tarde demais: Paola me viu. Nossos olhos se encontram através da sala cheia de gente; por um momento parece que avisto uma espécie de contrariedade nos olhos dela e sinto como se tivesse quase que me desculpar por aquele encontro casual. Não sei o que esperar, talvez que ela finja que nada aconteceu, mas Paola não foge, muito menos desvia o olhar. "Sim", ela está me dizendo, "sou eu mesma. E agora você sabe nosso pequeno segredo".

Bem, captei a mensagem e dou minha resposta com um sorriso: "O pequeno segredo de vocês está guardado."

Então Paola aproxima sua cadeira da cadeira de Borraccini, para dar as costas para mim. E a história acaba ali.

A festa continua madrugada adentro, mas resolvemos sair antes, já que amanhã terei que acordar cedo para ir trabalhar, e não sei com que forças. Saímos da discoteca quase às duas. Mas as surpresas não parecem já ter acabado.

Na outra calçada avistamos Paola, que está brigando com Borraccini acaloradamente. Puxa-a pelo braço, vomitando em cima dela uma série de palavras incompreensíveis, enquanto a outra responde com a mesma energia, cruzando os braços no peito.

— Ai... Acho que a paz durou pouco! — comenta Gaia.

— Vem, vamos embora. — Empurro-a para longe, por medo que possam nos ver.

Estou me sentindo um daqueles paparazzi que, de madrugada, ficam de tocaia do lado de fora das casas noturnas e depois vendem a descoberta aos jornais de fofoca. Só que isso vou guardar para mim. É um pacto silencioso que firmei com Paola, assinado com um olhar.

Na manhã seguinte, no trabalho, luto contra o sono. Custo a manter os olhos abertos e já pinguei 25 gotas de colírio. Gaia que é sortuda, ainda está de preguiça no meu sofá-cama! Vai embora hoje à tarde e já sei que vai se levantar com toda a calma, se entregar a seus rituais de beleza matinais, saborear o café da manhã continental que lhe preparei e, quem sabe, postar alguns comentários picantes no blog de Belotti.

Quando cheguei, Paola já estava em seu lugar e, como era de se esperar, não fez a menor menção a ontem à noite. E se ela não tocar no assunto é claro que eu não o farei. Até porque, o que eu iria dizer?

Claro, continuo não acreditando: nunca teria imaginado que Borraccini pudesse ter uma história extraconjugal, ainda mais com uma ex-aluna. Mas algumas coisas acontecem e pronto, sem a necessidade de explicações. E eu já deveria saber bem disso.

Estou dando o polimento na parte inferior do afresco, quando escuto soluços abafados atrás de mim. Eu me viro e vejo Paola, que continua trabalhando tranquilamente. Penso ter me enganado, mas ouço de novo um soluço sufocado. Chego perto dela e percebo que é ela mesma: está trabalhando e chorando ao mesmo tempo.

— Ei, o que foi? — pergunto, um pouco embaraçada.

Paola enxuga o rosto na manga do macacão, constrangida.

— Me desculpe — murmura. Chora como alguém que não chora nunca e quase não lembra como se faz. Sei que é um pensamento estranho, mas me dá essa impressão.

— Por quê? — procuro acalmá-la.

As lágrimas continuam embaçando seus óculos, apesar de seu esforço para segurá-las.

— Escute, quer conversar ou prefere ficar um pouco sozinha? — pergunto, com muito cuidado. Com as pessoas reservadas como ela temos que pisar em ovos.

Paola deixa os braços penderem e inclina a cabeça. Fica assim por alguns segundos, como se estivesse pensando. Então, de repente, tira as luvas de borracha e passa a mão nos cabelos, bufando, para se livrar de um peso.

— Tudo bem, você já sabe de tudo mesmo... — Ela me olha, decidida. — Acabou, Elena. Ontem à noite eu e Gabriella terminamos.

Depois, como um rio na época da cheia, começa a desabafar, me contando sua arrebatadora história de amor com Borraccini, que nasceu na época da faculdade e continuou clandestinamente até o turbulento desfecho de ontem à noite.

— Durante anos tive paciência e aceitei que ela tivesse duas vidas paralelas, contentando-me em ficar na sombra. Mas, por fim, lhe pedi que escolhesse: ou eu, ou o marido. Eu queria que fôssemos morar juntas, que nos tornássemos um casal normal, *de verdade*. Ela pediu tempo para decidir. Então, de surpresa, apareceu em Roma naquele dia, sem nem me avisar.

Paola respira fundo antes de continuar.

— Ela esperou a última noite pra me dizer. Escolheu o marido. E eu, no fundo, tinha certeza. Embora eu saiba que não fez isso por amor, mas por medo.

— Sinto muito. — É tudo o que eu consigo dizer. Não tenho mais palavras, pelo menos as certas. Sua dor não tem consolo. Eu a abraço, eliminando assim aquela distância formal que nos manteve distantes até agora. Sinto que é isso de que ela precisa agora, e também é a única coisa que posso lhe dar. Ela fica um pouco dura, mas se deixa abraçar. Só um pouco, e depois se recompõe, voltando a vestir sua armadura.

— Fui eu que errei: me iludi por muito tempo. Finalmente posso encerrar o capítulo e seguir em frente — diz, com um otimismo forçado, limpando os óculos com um cuidado que torna o gesto a coisa mais importante do mundo.

— Eu estou aqui, você pode contar comigo — digo.

No mesmo instante vejo Paola com diferentes olhos. Até ontem era apenas uma mulher fechada e antipática; hoje me parece uma menina frágil e indefesa. Fico profundamente comovida com o fato de Paola ter me mostrado esse seu lado. Tenho a impressão de ter perdido uma colega e encontrado uma amiga.

Terminei de trabalhar um pouco mais cedo hoje e às quatro encontro Gaia na estação Termini para a despedida. Vai para Nápoles atrás de Belotti, que essa semana roda o Sul da Itália com sua equipe. Ele, na verdade, não sabe que ela está indo ao seu encontro e não me atrevo a pensar em como poderá reagir — não gosta muito de surpresas, especialmente durante as competições — mas tenho um bom pressentimento.

Enquanto a acompanho até a plataforma, penso no quanto estive bem com ela nesses dias e o quanto vai me fazer falta. Gaia é a única que sabe toda a verdade sobre Leonardo e também a única que talvez possa me entender completamente.

— Na sua opinião, o que devo fazer? — pergunto, antes que ela suba no trem. — Vou ou não à inauguração do restaurante?

Sinto-me pronta para ir. A essa altura tomei um rumo claro na minha vida e ver Leonardo novamente não fará com que eu mude de ideia. Não de novo. Alcancei certo grau de consciência — pelo menos espero — e acho que posso me safar com dignidade.

— Quer um conselho? — Gaia levanta as sobrancelhas.

— Se estou pedindo...

— É melhor você não ir.

— Por quê? — Balanço a cabeça. Não era essa a resposta que eu esperava.

— Escute o que eu lhe digo. Você ainda não está pronta.

Diz isso e, depois de ter me esmigalhado num de seus abraços apertados, sobe no trem. Da janela do vagão me dá um último sorriso e em seus olhos verdes leio um único pensamento: "Cuidado, Elena. Não brinque com fogo."

# 10

Estou fazendo a contagem regressiva desde hoje de manhã. Hoje à noite é a inauguração do novo restaurante de Leonardo e ainda não decidi o que fazer. Prometi a Filippo que o acompanharia, mas desde que Gaia foi embora continuo a sofrer com a dúvida.

Tenho que avaliar a situação: quanto mais se aproxima o momento, mais a ideia de ver Leonardo me dá medo. E se ela tiver razão? Se ele ainda tiver o poder de arrasar com todas as minhas certezas?

Na realidade, as coisas com Filippo vão bem — na cama também, não posso negar — mas às vezes tenho a sensação de que não me sinto viva o suficiente. Pelo menos não tão viva como Leonardo me fazia sentir. Meu Deus, minha cabeça está tão confusa neste momento! Eu precisaria falar com Gaia, mas estou tentando ligar desde hoje de manhã e ela não me atende. Sabe-se lá o que deve estar aprontando em Nápoles com o ciclista!

Estou para atravessar o portão de Villa Borghese, aquele perto da Galleria. Tenho um encontro com Martino, que me prometeu para hoje a famosa aula de mestre sobre a obra de Caravaggio que está estudando.

Lá está ele. Está me esperando, pontual, ao contrário de mim, em frente à escadaria da entrada. Calça azul, camisa branca de mangas curtas e — não acredito! — uma gravata-borboleta estampada de formas geométricas.

Ele baixou completamente no personagem: um jovem Philippe Daverio com o rosto de Robert Pattinson. Eu me aproximo, já zombando.

— Ah, então você me levou a sério!

— Só por você — diz, abrindo os braços e dando um imenso sorriso. Depois sapeca dois beijos no meu rosto. — Só por você encontrei coragem para colocar uma camisa de mangas curtas.

— Mas que honra! Tenho o guia mais elegante do planeta.

— Eu sei. E estava até pensando em começar a usar isso sempre. — Ajeita a gravata com ar orgulhoso.

— Com calças de cintura baixa e tênis está perfeito — confirmo.

— Então — diz, respirando profundamente —, está pronta para morrer de tédio? — Ele me oferece o braço, como um verdadeiro cavalheiro.

— Não espero outra coisa. — Sorrio, e, piscando-lhe, fico de braços dados com ele.

Subimos a escadaria de pedra e fazemos nossa entrada triunfal na Villa: este lugar é um templo da arte, e quase tenho vergonha de ter chegado aos 30 anos sem nunca ter colocado os pés aqui. Ainda bem que Martino está cuidando de reparar a minha falha!

Já no salão central, em meio a outros tesouros da arte italiana, está exposta a *Nossa Senhora dos Palafreneiros.*

Paramos em frente à tela e por um instante sinto que vou desfalecer: minhas pernas tremem um pouco, o coração começa a bater mais do que o normal, a barriga é um redemoinho de emoções. Não sei se estes são os sintomas da síndrome de Stendhal,* mas com certeza algo dentro de mim se desestabilizou. Estudei este quadro nos livros, mas vê-lo causa em mim um efeito explosivo, embora o tema não tenha nada de especial: Nossa Senhora e o Menino Jesus esmagando a serpente — o pecado original — na presença de Santa Ana.

— Bonito, não é? — pergunta Martino.

— É extraordinário — corrijo, admirada. Foi pintado há cinco séculos, ainda assim parece tão moderno, tão... verdadeiro.

— Imagine que era destinado a um altar da basílica de São Pedro, mas depois foi recusado pelos clientes — explica Martino, com ar de quem deve conhecer muito bem o assunto.

— E por quê?

— Este quadro causou escândalo. Foi considerado uma heresia.

Com o olhar, eu o convido a continuar, querendo saber mais.

— Olhe Jesus — diz ele, apontando para a figura. — É uma criança, mas parece já grande ou, pelo menos, grande demais para ser retratado completamente nu. — De fato, tem os músculos já delineados e o sexo em evidência, detalhes que se destacam no incrível jogo de luz criado pelo pintor. — E, de-

* Também chamada de síndrome de sobredose de beleza, é uma doença psicossomática rara caracterizada pela aceleração dos batimentos cardíacos e pela falta de ar quando o indivíduo é exposto a obras de arte em lugares fechados. (N. T.)

pois, está vendo Nossa Senhora? — continua Martino. — Parece uma mulher do povo, tem um decote grande, os seios abundantes bem à vista...

— É mesmo, tem uma beleza que chega a ser sensual — comento, sem desgrudar os olhos da tela —, quase arrogante.

Martino concorda.

— Dizem que a modelo de Caravaggio foi uma tal de Lena, a famosa prostituta que também posara para a *Nossa Senhora dos Peregrinos.*

— Conhecendo a biografia de Caravaggio, isso não me surpreende nem um pouco... — Sorrio ao pensar nesse artista louco, sempre rodeado por mulheres. — Com certeza Maria e o Menino Jesus são de um realismo absurdo. Muito mais vivos e humanos do que Santa Ana.

— Exatamente. — Martino se ilumina. Vejo as notas de rodapé dos livros nos quais estudou passando na testa dele. — De acordo com alguns estudiosos, o verdadeiro motivo que desencadeou a rejeição da obra deve ser buscado no comportamento exageradamente indiferente da santa, em teoria a personificação da graça divina.

— Realmente parece uma estátua de bronze. Está lá olhando com as mãos unidas, a expressão de desgosto, mas não faz nada de concreto para matar a serpente — observo, como se a cena estivesse de fato acontecendo diante dos meus olhos.

— Talvez em Santa Ana Caravaggio quisesse falar sobre algo de todos nós, da nossa humanidade — reflete Martino. — Porque ninguém está sempre pronto e decidido como Nossa Senhora perante o mal. Aliás, o que acontece com mais frequência é se submeter ao seu fascínio.

Concordo, reconhecendo-me naquelas palavras no mesmo instante. Comigo aconteceu com Leonardo, que nesse momento é meu pecado original, uma serpente disfarçada, venenosa e ao mesmo tempo com um fascínio irresistível.

— De qualquer maneira, Maria é a verdadeira protagonista da pintura — continua Martino, com ar competente.

— Sem sombra de dúvida — concordo.

— Olhe a expressão de seu rosto — Coloca uma mão em meu ombro, indicando-a com um gesto do queixo. — É inflexível. É ela quem decide, é ela quem sabe como fazer. Pega Jesus pelas axilas, segura-o, orienta-o, dirige-o. E é ela quem empurra seu pé sobre a cabeça da serpente para esmagá-la.

— O Menino apenas a imita, apoiando o pé sobre o de sua mãe — completo a explicação.

— Está aprendendo como se faz — esclarece Martino. — É como se Maria lhe dissesse que, para esmagar o mal, é preciso olhá-lo bem de frente antes. É preciso reconhecê-lo, medi-lo.

— Para então se livrar dele definitivamente — concluo. Algo desta conversa ressoa dentro de mim.

De repente é como se eu também soubesse o que fazer e como fazer. Penso novamente na inauguração desta noite e, na minha cabeça, tudo fica mais claro: não devo ir. É a voz de Gaia, a consciência fala comigo através dela. Recusar aquele convite é o único jeito de resistir à tentação. Dancei com o diabo e agora sei que tenho que me manter afastada dele.

Martino continua sua explicação falando da luz, das vestimentas, do jogo de sombras, mas eu já não o escuto mais. Minha cabeça está em outro lugar, já estou pensando no modo mais indolor de comunicar a Filippo que esta noite não vou acompanhá-lo.

Depois da visita à Galleria, saímos ao parque da Villa e nos sentamos em um banquinho à sombra de uma árvore. Minha cabeça está rodando um pouco, como me acontece sempre quando saio de um museu ou de um cinema, e com o calor de agosto o efeito aumenta.

— Você está pensativa — diz Martino.

— Estou?

— Sim.

— Só estou cansada — mal consigo dizer isso, num suspiro. — A arte cansa, com o tempo, sabe?

— Não sei. — Martino balança a cabeça e me estuda. — Estou achando você tão desanimada, Elena. Já faz um tempinho que te vejo sem energia.

Socorro... Esse garoto tem uma sensibilidade que eu nunca teria imaginado; consegue, de algum jeito misterioso, radiografar minha alma.

— Já faz um tempinho, *quanto*? — pergunto. Uma mísera tentativa de tirar o foco do verdadeiro problema.

Martino, porém, tem a resposta pronta:

— Me lembro bem da última vez que vi você feliz de verdade: o dia em que você saiu de San Luigi com aquele homem.

Abaixo o olhar, sentindo-me corar até a raiz dos cabelos. Foi quando Leonardo me raptou para me levar à praia, um dos dias mais bonitos que passamos juntos.

— Quem era aquele cara? — pergunta Martino. Sua voz torna-se mais corajosa. — Não era seu namorado, não é?

— E como você sabe?

— Bem, imagino que se fosse seu namorado você teria me apresentado.

— É. Não era meu namorado — confesso. No fundo, não faz sentido mentir para ele. Sei que posso confiar naqueles olhos tão límpidos. — Passei por um período difícil e me vi dividida entre dois homens. Filippo, meu namorado, e Leonardo, o homem que você viu naquele dia. — Não consigo pensar em palavras mais apropriadas para descrever os últimos meses. — Mas agora acabou tudo. Fiz minha escolha. Estou com Filippo — declaro, talvez sem muita convicção.

Martino me examina, como se não acreditasse em mim completamente.

— Sabe, aquele dia, quando a vi ao lado de... *Leonardo* — pronuncia esse nome como se fosse um enigma existencial —, havia algo nos seus olhos, uma luz diferente, mais viva.

Ele está dizendo uma amarga verdade, mas fechei tanto o coração que estas palavras repercutem em mim, para depois se afastarem como um bumerangue. Por favor, Martino, não se meta você também dando uma de serpente tentadora.

— Sim, isso até pode ser verdade — digo, tentando parecer tranquila. — Mas sofri muito por ele. E não quero cair nessa de novo.

— Entendo. Se essa for a sua decisão... — Levanta os braços em sinal de rendição. Então, uma ponta de tristeza escurece seu olhar. — Sabe qual é a única coisa que eu lamento?

— O quê?

— Queria que fosse eu que fizesse seus olhos brilharem daquele jeito... — diz isso sem me olhar no rosto, fitando um ponto distante.

Sorrio. É uma declaração feita com toda a delicadeza, sem pretensões, como se já estivesse conformado com o fato de não poder me ter. Oh, Martino! Como você é diferente de Leonardo, que foi capaz de mover montanhas para satisfazer seus desejos. Ainda assim era justamente aquela sua teimosia, aquela paixão prepotente que me agradava tanto.

Eu olho para ele, comovida.

— Você sempre faz meus olhos brilharem, do seu jeito. — Dou uma palmadinha no seu ombro.

— Certo. Do meu jeito.

Quando volto para casa, me preparo para encenar minha grande mentira. Deito no sofá com a máscara relaxante no rosto e a almofadinha de sementes de linho sobre a barriga e espero Filippo chegar.

Devem ser sete horas quando ouço a porta se abrindo e meu nome ressoando no ar. A voz de Filippo é forte, parece que ele acabou de sair de um banho revigorante.

— Estou aqui — eu resmungo, agonizante.

— O que aconteceu com você? — Ele me olha, perplexo, aproximando-se.

— Estou com uma dor de cabeça horrível, Fil. — Levanto um pouco a máscara. — Acho que a menstruação está chegando, sei lá.

— Merda. Justo esta noite, Bibi. — Inclina-se e acaricia docemente minha testa. Abaixo as pálpebras, eu não conseguiria sustentar sua ternura de olhos abertos. — Você tomou alguma coisa?

— Tomei, um analgésico, mas não fez efeito — digo, com um fio de voz, repetindo para mim mesma em silêncio que estou mentindo por uma boa causa. Faço isso por nós (mas também sou uma grande atriz, a julgar pela sua reação). Abro os olhos e encontro os seus, sempre tão desgraçadamente cheios de cuidado. — Escute, não fique chateado comigo e não me odeie, mas essa noite não vou conseguir mesmo ir com você.

Filippo senta-se na beira do sofá e me olha, resignado.

— Se quiser, eu fico em casa com você.

— Não, imagina. — Levanto as costas. — Você tem que ir. — Sei que essa noite é importante para ele e se desistisse de ir por minha causa eu não suportaria.

— E deixar você aqui sozinha? Não quero.

— Pare com isso. Não fique preocupado, não tenho nada de grave — insisto.

— Queria tanto que você fosse comigo.

— Eu sei, Fil. Eu também queria. — Suspiro. — Mas eu não consigo mesmo, estou destruída. — Pego minha cabeça entre as mãos, simulando uma expressão de zumbi. — Olhe pra mim, estou um monstro, toda pálida.

— Eu não acho. — Beija minha testa com ternura. — Tudo bem, então, tente descansar. Vou me arrumar.

— Está bem — digo, e coloco novamente a máscara para cobrir meus olhos brilhantes.

Sinto que tomei a decisão certa e me preparo para passar a noite sozinha na frente da televisão. Coloquei meu uniforme de dormir: short, camiseta regata de algodão listrada e Havaianas nos pés. Peguei um pote de sorvete que estava no congelador e agora estou aqui, sentada de pernas cruzadas no sofá assistindo às reprises de *Desperate Howsewives,* devorando colheradas de sorvete de flocos. Eu não teria cabeça para ver um filme inteiro, esta noite.

As cenas passam diante dos meus olhos distraídos sem que eu me preocupe em captar o sentido. Eva Longoria está encenando na sala de estar uma dança sexy, enroscando-se a uma vara de pole dance com movimentos improváveis; de repente, ela cai em cheio no tapete, e eu não posso deixar de explodir em uma gargalha estúpida e espontânea. É isso, não estou entendendo nada do que está acontecendo no episódio, mas pelo menos o lado cômico da situação — com o qual é impossível não me identificar — ainda consigo perceber. Não tranquei o cérebro em uma gaveta e joguei a chave fora...

Já passa das dez, eu quase terminei o pote de sorvete e comecei o segundo episódio de *Desperate,* quando alguém toca a campainha. Desligo a televisão para ter certeza de que escutei direito. A campainha toca de novo. Não é a do portão, mas a do corredor do andar, que tem uma espécie de toque antigo, tipo xilofone. Não estou esperando visitas, portanto não tenho a menor ideia de quem possa ser. Largo a colher no pote de Häagen-Dazs, levanto-me do sofá e arrasto os chinelos até a porta com um mau pressentimento. Aproximo-me do olho mágico e, assim que focalizo, dou um pulo para trás. Não é possível! É *ele.* Meu primeiro instinto é me encolher encostada à porta e fingir que não estou em casa, mas logo depois sinto vergonha de mim mesma. Vamos, Elena, seja mulher. Enfrente-o.

Abaixo a maçaneta e abro a porta até a metade. Lá está Leonardo: com sua presença carismática e inquietante, materializa-se diante dos meus olhos. Está elegantíssimo. Usa uma camisa branca com abotoaduras de prata, um pouco aberta sobre o peito bronzeado, calça escura, sapatos pretos reluzentes e uma echarpe de seda cinza no pescoço. Os cabelos estão para trás, talvez com um pouco de gel — nunca o tinha visto penteado assim —, a barba um pouco mais curta que o habitual e aqueles olhos diabólicos que parecem quase pintados de tão pretos.

Sinto as pernas ficarem moles, mas me planto na entrada, decidida, de braços cruzados, a coluna reta. Estou defendendo meu espaço e não deixarei que ele o invada.

— O que raios você veio fazer aqui?

Ele me olha nos olhos, as pupilas dilatadas. Aquele olhar que me desarma.

— Me deixe entrar e eu explico.

— Não. Não vou deixar você entrar. — Só a ideia de desonrar este lugar me deixa horrorizada. — Se você tem alguma coisa urgente pra me dizer, diga já. — Engulo. — Caso contrário, pode ir embora.

Minha garganta fica seca de repente. Sinto-me forte, mas não o suficiente para enfrentar essa montanha que está na minha frente e dominar as emoções que me invadem. Para completar, seu perfume intenso está chegando forte e claro às minhas narinas. E é um chamado ao qual nunca consegui resistir.

— Vamos, Elena, abra essa porta.

— Não. Podemos conversar muito bem aqui.

Estica o braço sobre o umbral e então apoia nele a testa também, aproximando-se perigosamente do meu rosto. Parece exausto, um guerreiro voltando de uma batalha. Um lindo guerreiro cansado de lutar.

— Você foi inteligente, sabe? — diz, em um sussurro resignado.

— Em fazer o quê?

— Você não foi.

Suas palavras me alcançam, e não sei que tom assumir e nem qual posição: se mantenho os braços cruzados ou os deixo cair ao lado dos quadris, se coloco o peso sobre o pé direito ou sobre o esquerdo, se abaixo ou levanto os olhos ou se os dirijo a outro ponto.

— Não, não fui — confirmo, enfatizando a obviedade daquilo.

— Foi uma bela festa, porém... Que pena... Eu estava até me divertindo, pelo menos até certo ponto. — Um sorriso amargo deixa seus dentes brancos à mostra. — Então, de repente, olhei ao redor e percebi que não estava nem aí pra todas aquelas pessoas. — Fala como se as palavras saíssem de sua boca contra sua vontade, como se não lhe deixassem escolha. — Você era a única pessoa que eu queria ver esta noite.

Belas palavras, mas ditas tarde demais. Faladas agora, desse jeito, me machucam mais que um insulto.

— E você veio até aqui pra me dizer isso? — Esboço uma tentativa patética de sorriso. Estou fazendo um esforço imenso para manter a calma.

— Sim, também — responde ele.

— E o que mais? — Com o rosto tenso engulo o pouco de saliva que me sobrou. — Então?

Só agora me dou conta de que, seja o que for que ele queira me dizer, não quero ficar aqui escutando. Faço menção de fechar a porta na cara dele, mas ele consegue me antecipar e impedir. Escancara-a com uma mão só e entra, decidido. A porta se fecha atrás dele, com um som sombrio e surdo.

O chão balança sob meus pés. Não consigo lhe dizer nada, nem consigo olhá-lo, meus ouvidos e meus olhos doem. Com ele, tudo é razão e emoção, sempre.

Recuo até a parede e ele já está em cima de mim. Apoia as mãos na parede, fazendo de seu corpo uma gaiola indestrutível.

— Vim lhe dizer que quero você, Elena, que não sei ficar sem ter você. — Sua voz é um veneno e penetra em cada fibra do meu corpo. Seus olhos estão tão vivos que quase queimam sobre a pele.

— Vá embora daqui — rosno. Estou juntando toda a minha força e meu instinto de sobrevivência para não me entregar.

— Talvez eu tenha estragado tudo, talvez tenha sido um idiota, mas...

— Mas o quê, hein? Vá embora daqui — repito, para ele e para mim mesma, como um mantra.

— Você está dizendo isso, mas sabe que não é o que quer.

Minha força está diminuindo, eu sinto isso: raiva, saudade, incerteza, sentimentos que lutaram por um longo tempo dentro de mim — depois adormeceram de repente — despertaram e fazem um barulho ensurdecedor.

Fecho os punhos e os bato na parede atrás de mim.

— É, sim, quero que você vá embora! — Tomo fôlego. — Você me faz mal, Leonardo. E eu não pretendo mais ficar mal!

A imagem da serpente no quadro de Caravaggio se materializa diante dos meus olhos. Tento afastar Leonardo de mim com um empurrão, mas não consigo movê-lo do lugar. Frustrada, começo a bater nele com socos e tapas. Ele não reage.

— Talvez a nossa *história* tivesse um sentido, apesar de tudo.

— História? — Arregalo os olhos. — E desde quando seria uma história? Não devia ser uma aventura, e basta?

Pela primeira vez, vejo Leonardo abaixar os olhos na minha frente.

— Me diga que não sente nada por mim e eu vou embora — ele me diz num sussurro.

— E mesmo se eu sentisse alguma coisa o que mudaria? — grito na cara dele. — Eu quero uma vida normal, um amor normal.

— Você é feliz com ele? — Está me provocando, como sempre faz.

— Por favor... — Desta vez sou eu quem abaixo o olhar. Talvez com Filippo não seja um incêndio de paixões, *talvez,* mas sou feliz, sim, minha cabeça repete isso todos os dias.

— Não vai responder? — ele me pressiona.

— Ele me entende. E é bom — digo, segura.

— Mas você tem noção do que está dizendo? E você ficaria com ele porque ele é *bom*?

— Chega, Leonardo. Agora saia daqui, imediatamente. Não quero mais participar do seu jogo perverso!

— Mas você não entende que não é mais um jogo pra mim, droga? — Sua voz rouca sobrepõe-se à minha. — Eu não posso mais ficar sem você, Elena.

Uma punhalada, direto no coração.

Nossos rostos estão muito próximos e nossos olhos se fundem em um só olhar. O espaço entre nós permanece por segundos inteiros, então volta a diminuir em uma velocidade impressionante. Não percebo nem o instante em que sua boca pousa sobre a minha.

Mantenho os lábios fechados e os dentes cerrados. Não quero lhe dar essa satisfação, não devo ceder. Mas Leonardo não para, pega minhas duas mãos em uma das suas e as segura firme em um apertão acima da minha cabeça, prendendo-me na parede com os quadris. Consigo sentir a intensidade de seu desejo sobre mim. Afunda a outra mão nos cabelos e os puxa com violência, fazendo-me levantar o rosto. Sua boca já está no meu pescoço e seus dentes correm pela minha pele com voracidade. Sua avidez tem algo de animalesco e selvagem.

— Pare... — eu quase imploro.

— Não posso — ele sussurra, enquanto com a mão envolve todo o meu pescoço, pressionando devagar.

Então pare você, Elena, digo a mim mesma. Agora você sabe distinguir o que te faz bem do que te faz mal. E ele só vai te fazer mal.

Mas sua boca está de novo sobre a minha, sua respiração está dentro da minha, seu coração bate contra o meu. E não penso mais.

Então escorrega lentamente os lábios pelo meu lado esquerdo e, enfim, sobre o seio. Aperta tão forte que me machuca, como se quisesse pegar meu coração e esmigalhá-lo.

Solto um gemido de dor, ele me envolve nos braços e me levanta. Tento me soltar, mas seu desejo é forte demais, e minha resistência fraca demais.

Leonardo me atira no sofá e tira com violência minha camiseta, deixando meu peito à mostra. Depois arranca meu short, com gestos que revelam uma estranha ponta de crueldade. Deita-se em cima de mim, paralisando-me com seu peso, eu ainda procuro escapar dele, mas ele já está no meio das minhas pernas e seu sexo pressiona o meu.

Em um instante me penetra e, de repente, tudo para. Estamos assim, ele dentro de mim, por um momento que parece eterno, os corpos unidos num só.

Desisto de lutar, enfim, e me rendo a mim mesma antes ainda que a ele, porque agora não é Leonardo que me faz mal, mas sua ausência.

Agora sei que esse nosso lutar, de algum modo, também é fazer amor.

Ele se mexe devagar, quase imperceptivelmente, e eu me abro sob seu movimento. Nos olhamos nos olhos, espantados com nós mesmos, embriagados de desejo, atordoados de prazer. A união dos nossos corpos e da nossa alma nunca foi tão perfeita. Libertamos um orgasmo violento, necessário, inevitável.

— Eu te sinto — berro em sua boca, e ele geme na minha, nós nos deliciamos um com o outro desesperadamente, até o último respiro.

Depois, nós dois permanecemos nus, em silêncio, abraçados como se pernas e braços, mãos, cabelos, pele e ossos tivessem se fundido. Então seus lábios pronunciam essas palavras:

— Eu te amo.

São sussurradas de leve, mas ressoam dentro de mim com um estrondo ensurdecedor. Aquelas palavras mudam tudo, viram o mundo de cabeça para baixo. Desejei ouvi-las mais que qualquer coisa e nunca tive coragem de confessar isso nem a mim mesma.

— Eu também te amo.

Mal consigo pronunciar as palavras, livre afinal de um peso que não podia mais suportar.

Estou feliz e angustiada ao mesmo tempo. Uma lágrima escorre pelo meu rosto. Não faço nada para detê-la.

— Me desculpe — murmura Leonardo, enxugando-a com o dedo. — Tentei resistir, tentei fazer com que não acontecesse, mas não fui forte o suficiente. Te amo e não posso fazer nada a respeito.

Olho o espaço entre nós e por um momento tenho um pressentimento tristíssimo: vejo Leonardo se afastar de mim e a distância aumentar até se tornar completamente irremediável.

Mas naquele instante ele me agarra e me aperta a si como se quisesse me segurar, para acabar com aquela distância. Ele me pressiona contra seu peito e beija meus cabelos.

Agora estamos apenas nós dois nesta sala, dois corpos, dois corações renascidos no presente eterno deste momento. Aquilo que aconteceu e aquilo que virá não me assustam.

Permanecemos deitados por um tempo indefinido, enquanto as sombras se insinuam pelo entrelaçamento dos nossos corpos. Não sinto o peso do silêncio e nem sinto a necessidade de pensar. Até minha voz interior, geralmente tão inquieta e insistente, agora se cala.

Acaricio de olhos fechados as costas de Leonardo, imaginando o desenho de sua tatuagem: essa marca permanente me fala sobre ele, mas não sei o que diz e não é o momento para tentar entender. Leonardo esfrega o nariz contra meu pescoço e beija a ponta da minha clavícula.

— Eu queria ficar, mas tenho que voltar pra lá — sussurra, seu olhar dentro do meu. —Todo mundo deve estar se perguntando onde eu me meti.

— Eu sei. — Coloco suavemente uma mecha de cabelo sua atrás da orelha. Queria que ficasse em cima de mim mais um pouco, mas tenho que deixá-lo ir. Filippo poderia voltar a qualquer momento. Seu rosto, no meu pensamento, já não tem mais contornos, não tem mais forma, não tem mais cheiro. Eu o procuro, mas não o encontro, como se tivesse afundado num buraco negro junto com a lembrança desses meses vividos juntos.

Olho Leonardo se vestir, nua no sofá. Ainda não tenho força para me mexer.

— Te amo, Elena. — Ele diz para os meus olhos também, dando-me um último beijo.

— Te amo, Leonardo. — Afundo o rosto em seu peito para aproveitar mais um instante o calor de seu coração sobre mim.

Ele foi embora. Acabou de sair desta casa, que de repente não sinto mais minha. Estas paredes que ofendi sentiram seu cheiro, viram suas mãos, nossos corpos nus.

Nada mais é como antes. Não falamos sobre o futuro, não nos fizemos promessas, mas agora nós dois sabemos que nos amamos. E, depois disso tudo, só tenho uma certeza: não posso mais ficar aqui dentro. Tenho que ir embora imediatamente, antes que a madrugada caia e a manhã pare meus passos.

# 11

— Quantas noites a senhora vai ficar? — pergunta o recepcionista.

— Por enquanto uma. Depois vou decidir.

— Pois não. — Ele me entrega a chave do quarto e me mostra o caminho pelo corredor. — É aqui, a segunda à direita. Se precisar de qualquer coisa, estou na recepção.

É quase uma e meia e estou sozinha, no quarto número 4 do hotel Mari I, um estabelecimento despretensioso perto da estação Termini. É o primeiro lugar barato que encontrei procurando na internet.

Enquanto esperava o táxi que me traria aqui, escancarei as janelas de casa para deixar sair os cheiros, meu e de Leonardo e, enquanto o vento quente do verão soprava do lado de fora, arrumei às pressas uma pequena mala com o estritamente necessário. Talvez a primeira bagagem realmente básica da minha vida. Depois voltei a fechar as janelas. Fui até a sala, roubei uma folha branca da impressora, sentei-me no banco alto onde geralmente tomo café da manhã e peguei uma caneta.

*Querido Fil.*

Comecei assim, de impulso, e depois parei. Na minha cabeça passava o filme da nossa história, desde o primeiro beijo até algumas horas antes, cada momento que vivemos juntos, o último ato da nossa história de amor já acabada. Minha mão tremia, enquanto me preparava para dar o golpe decisivo. Imaginei-me ainda ali, naquela casa, quando Filippo voltasse. O que eu poderia dizer que o magoasse menos que a minha ausência? E, mesmo se eu encontrasse as palavras, como eu poderia suportar, depois, ficar debaixo do mesmo teto? Ir embora era a única saída, mas não podia fazer isso sem lhe deixar uma explicação qualquer.

Assim, rabisquei poucas palavras às pressas. Apenas para lhe dizer que há outro homem na minha vida e que não posso mais ficar com ele. Seca, essencial, sem desculpas e justificativas, porque não existem. Se ele tiver que me odiar, será assim.

Dobrei a folha ao meio e a coloquei à vista na bancada de mármore debaixo da luzinha do fogão, a única que deixei acesa.

Antes de resolver sair, com a bolsa já no ombro, olhei ao redor pela última vez. A casa onde compartilhei com Filippo os últimos cinco meses. Embora meu ato possa parecer um ato de covardia, às vezes é preciso mais coragem para ir embora do que para ficar.

Não tenho medo de enfrentar Filippo, sei que mais cedo ou mais tarde terei que fazer isso, mas preciso de tempo. Principalmente, preciso de um pouco de espaço entre nós. Não posso mais lhe impor minha presença nesta casa. O rompimento é doloroso, mas é melhor que seja definitivo. E desta vez não volto mais atrás.

Então, escapei pelo portão como uma ladra e entrei no táxi que estava me esperando. Apesar da hora, as ruas ainda estavam engarrafadas. A cidade nunca dorme, principalmente em noites de verão como esta, mas eu olhava tudo de uma distância sideral.

E agora estou aqui, neste quarto de hotel que se esforça para ser acolhedor sem conseguir, deitada na cama com os braços cruzados atrás da nuca e os olhos fixos no teto. Filippo a esta hora já deve ter voltado para casa e encontrado meu bilhete. Só de pensar nisso fico mal. Mas seria uma hipocrisia ficar triste, já que ele ficará pior. Sou indigna de todo o amor que ele me deu.

Me odeie, se isso fizer você se sentir melhor, por favor. Eu lhe peço isso aqui, Fil, em silêncio. Eu sinceramente queria que você não derramasse uma lágrima por mim. Não mereço suas lágrimas, culpada e feliz como me sinto agora por ter escutado mais meu coração do que minha razão, por não ter sabido resistir o bastante, por ter decidido somente agora ser sincera.

Não há luz suficiente neste quarto. É uma fortaleza, a janela minúscula, o teto tão baixo que sufoca. Talvez eu esteja prestes a ter um ataque de pânico. E na minha bagagem básica não trouxe os florais calmantes. Estou sozinha, tenho que contar com minhas forças e basta. Queria ligar para alguém. Para Gaia, para minha mãe. Mas desliguei o celular logo depois de ter saído de casa, para não correr o risco de ver o nome de Filippo no visor. Eu já sei, deve ter tentado me telefonar umas cem vezes.

Sinto frio, embora lá fora a noite ainda esteja quente. Tenho arrepios, por sorte me lembrei no último momento de colocar na mala o meu casaco de moletom Adidas, velho e descosturado, o que geralmente uso para ir à banca da esquina pegar o jornal ou para ficar na varanda à noite. Coisas que não farei mais, pelo menos não naquela casa.

Abro o frigobar e pego uma garrafinha pequena do licor Grand Marnier. Tiro a tampa e bebo alguns goles. Um calor instantâneo pinica minha garganta. Eu sei, é uma tristeza beber sozinha, ainda assim um pouco de álcool é exatamente aquilo de que preciso para não morrer de solidão e angústia.

Com a garrafinha na mão, olho pela janela aberta e escuto os ruídos do trânsito no ar tórrido. Há tanta vida lá fora e o fato de saber isso me consola. Quero dormir nessa janela, protegida dos pesadelos que acontecem nas camas de hotel, e esperar aqui a chegada da manhã. Amanhã, quando eu ligar o celular novamente, deverei ter força suficiente para explicar, contar, entender... Para dizer a verdade, para dizer adeus e, depois, seguir pelo novo caminho, o do coração. Mas não estou com medo. Olho o céu, completamente ofuscado pela iluminação, inatingível, atrás de uma cortina esfumaçada. O pensamento voa até duas horas atrás, quando Leonardo estava dentro de mim e eu me agarrava a ele.

Sou uma sobrevivente, mas uma sobrevivente pronta para a felicidade.

Filippo está me esperando no Antico Caffè dell'Isola: eu lhe pedi para nos vermos lá. Esta manhã, quando acordei — força de expressão, já que não dormi nada — liguei o telefone e encontrei uma dezena de ligações dele. Então enviei uma mensagem de texto e marquei com ele no bar da ilha Tiberina: nunca seria psicologicamente capaz de voltar ao apartamento que a essa altura não é mais nosso. Talvez flutuar sobre uma ilha, embora não haja o mar em volta, torne tudo mais simples e menos doloroso.

É domingo, faltam alguns dias para 15 de agosto, o feriado de Ferragosto.* Os romanos saem da cidade nesse período, portanto nas ruas há menos pessoas que o habitual, e são principalmente turistas. Sinto-me um pouco um deles: perambulo com uma meta na cabeça, mas não sei bem qual é o caminho certo para chegar lá.

Já estou sofrendo com a ideia do que deverei dizer e do que Filippo espera ouvir. Volta à minha mente o filme que vimos juntos, *Meu amor me ajude*, com Alberto Sordi e Monica Vitti; a cena na praia de Sabaudia, quando ela lhe revela que ama outro homem e não pode fazer nada contra aquele sentimento. Tomara que eu saia desse encontro um pouco melhor que a personagem feminina, embora talvez Filippo tenha todos os motivos para me dar uma surra.

---

* Ferragosto: *Feriae Augusti* significa feriado, repouso de agosto. Comemora-se no dia 15 de agosto, auge do verão na Itália, com festas e fogos de artifício nas praias. (N. E.)

E lá está ele, vejo-o de longe, sentado a uma mesinha, me esperando. Está um pouco rígido, usando óculos escuros e balançando nervosamente uma das pernas. Quando me vê chegar, apoia-se no encosto e dá um suspiro profundo. Aqui estou eu, está dizendo, estou pronto. Agora me dê a facada, bem aqui, no coração.

Estamos conversando há meia hora e ainda estamos vivos, sem arranhões e sem lágrimas. Eu bebi um café; ele, um copo d'água. Nossos rostos mostram que não dormimos um segundo e estamos como drogados de tanto pensar e sofrer.

Filippo não me odeia como eu desejava, ou pelo menos não dá a entender isso. Seu sofrimento ainda não se transformou em raiva, imagino que será preciso um pouco de tempo para isso. Veio aqui com poucas esperanças de me reconquistar, de fazer com que eu mude de ideia: ele me conhece bem e sabe que não sou uma pessoa impulsiva. Se fiz uma coisa dessas é porque tenho certeza e não voltarei atrás.

Eu queria me convencer de que um homem que se preocupa em dobrar um guardanapo em quatro não pode estar com tanta raiva. Ainda não sei se isso é um consolo ou a prova cruel de que não somos feitos um para o outro. Agora não tenho mais certezas sobre o que fomos, Leonardo conseguiu jogar uma sombra até na minha história com Filippo. Talvez entre nós nunca tenha existido uma paixão arrebatadora, mas apenas uma união de espíritos, feita de carinho, e prazerosa, sim, mas que deixou para trás algo errado e amargo.

— Posso pelo menos saber quem é? — ele me pergunta, a certa altura.

Queria poupá-lo dessa humilhação, mas depois penso que é muito mais humilhante saber as coisas pela metade. E Filippo merece a verdade inteira, por mais que doa.

— É Leonardo.

Não consigo decifrar sua expressão por trás dos óculos escuros, mas os dentes mordem ferozmente o lábio, enquanto as mãos se apertam em volta do guardanapo de papel que estava dobrando e redobrando há 15 minutos.

— Bem debaixo do meu nariz — comenta, com voz rouca, jogando-o para longe com um gesto raivoso.

— Não fale assim, Fil.

— Por que não, se é a verdade? — levanta a voz com um sorriso sofrido. Depois reaviva a memória. — Agora entendo muitas coisas.

Eu queria impedi-lo de ir além com suas deduções e de se magoar ainda mais.

— Quando ele procurou você, eu já tinha decidido não vê-lo mais — digo, esperando que minha voz impedisse seus pensamentos. — Tentei evitá-lo de todos os jeitos, mas não consegui.

— Foi por isso que você não foi à festa ontem?

— Foi — admito, já sabendo que isso não me tornará menos culpada a seus olhos.

Filippo concorda e ficamos um pouco em silêncio. Ouço a música do vento que chega dos plátanos do Lungotevere.

— Vocês vão morar juntos? — ele me pergunta um pouco depois. Sinto o sangue gelando nas veias. Nunca tinha levado essa ideia em consideração, e falada assim soa ainda mais absurda. Como posso explicar a Filippo que o estou deixando por um homem que talvez nunca seja realmente meu?

— Não sei — respondo. — Não tenho certezas neste momento. Sei apenas que assim não podíamos mais continuar.

— *Você* não podia continuar. Eu teria ficado com você a vida inteira. — Ele me gruda com poucas palavras à crua verdade. Sabe que o amor que ainda sente por mim é a arma mais afiada com a qual me atingir. Bem, é justo que seja assim. Desta partida nenhum dos dois pode sair ileso, está escrito nas regras do jogo.

Abaixa o olhar sobre a mesa e respira fundo de novo.

— O que devemos fazer agora? Você vai voltar pra casa? Digo isso por causa das suas coisas e tudo o mais. — Já estamos nas questões práticas, as mais dolorosas. Feridos e ensanguentados, teremos que começar a dividir livros e DVDs.

— Por enquanto, não. Passei a noite em um hotel e...

Minhas reticências mexem com algo secreto dentro dele.

— E quer ficar lá?

— Eu vou saber me virar, Fil — encerro o assunto. Não quero que continue se preocupando comigo.

Nos levantamos da mesa e caminhamos. Não nos dizemos mais nada e, quando chegamos ao fim da ponte, nos despedimos com um embaraço que não consigo acreditar que estou sentindo com ele. Nós nos veremos de novo, de qualquer maneira, e isso torna tudo um pouco menos melodramático. Ando pela calçada, perguntando-me se Filippo ainda está me olhando ou se ele também seguiu seu caminho. Não tenho coragem de me virar para conferir e apresso o passo. Um grupo de meninos com uniforme de futebol passa ao meu lado correndo. O vento continua a soprar quente e suave, fazendo cócegas na pele com um toque delicado, enquanto do Tibre sobe aquele inconfundível cheiro de mar e de terra juntos. O verão é a pior estação para estarmos tristes.

# 12

"Vamos, Elena. Ande. Você sabe o caminho."

É a voz de Roma, deserta e quente, uma música poderosa que está me dizendo para ter coragem, para não parar no primeiro cruzamento. Eu sei o caminho, é verdade, a essa altura não preciso mais do mapa para me orientar. Ando devagar, óculos escuros para esconder as olheiras, o estômago fechado por causa do passado que deixei para trás, mas a cabeça leve, por causa do futuro que estou indo encontrar. Abandonar Filippo, o homem que eu queria me convencer de que amava, foi dilacerante. Mas, agora, o coração me leva à casa de Leonardo, o homem que tenho certeza de que desejo e — embora fique apavorada só de pensar — amo.

Não nos vimos mais desde aquela noite. Foi apenas há três dias e já me parece um século. Não sei por que ele não deu sinal de vida e isso me preocupa um pouco, mas até certo ponto: esse silêncio faz parte de sua dinâmica, que aprendi a conhecer. De minha parte, eu tinha prometido a mim mesma não procurá-lo enquanto não esclarecesse tudo com Filippo e foi o que fiz. Deixei até passar outro dia antes de correr para ele. O que está acontecendo comigo me desestabiliza tanto, que senti a necessidade de ficar sozinha para me recuperar e reorganizar os pensamentos. Obviamente não consegui totalmente e, mesmo agora, não sei se estou fazendo a coisa certa, mas decidi parar com as dúvidas e as paranoias: o tempo das incertezas já terminou, tudo o que poderia acontecer já aconteceu, então vale a pena ver o que existe depois. E eu estou curiosa, e apavorada ao mesmo tempo, em descobrir. Vou procurar Leonardo para falar com ele, para entender se as palavras daquela noite eram verdadeiras ou se eu apenas sonhei com elas. E para lhe dizer a única coisa de que tenho certeza: eu o amo.

Continuo andando margeando o Tibre; parece uma cobra dourada comprida e sonolenta, inofensiva. Na rua não há quase ninguém. Calor demais. O sol castiga sem piedade, o asfalto das calçadas solta nuvens de bafo e vapor e o vento que soprava até ontem se acalmou, deixando o ar parado e pesado. Mas resisto. Falta pouco e não quero pegar um táxi. Caminhar me ajuda a juntar as ideias. Tenho que me preparar: esse encontro será decisivo.

Penso em Gaia. Ainda não lhe contei nada. Ontem à noite ela tentou me ligar de volta, depois que eu a procurara de manhã. Tarde demais, minha amiga. Um dia, com calma, direi tudo a você, mas não hoje. Mandei uma mensagem de texto para ela, um genérico "está tudo bem", seguido por um genérico "tem algum plano para o feriado de Ferragosto?". Geralmente nós passávamos Ferragosto juntas, na praia do Lido com os rapazes do Muro, e depois ficávamos até tarde olhando os fogos e dando boas-vindas ao verão antes do Festival de Cinema. No ano passado, nós até soltamos algumas lanternas chinesas no céu. Lembranças mágicas do meu mundo antes de Leonardo. Penso em nós duas há um ano. Ela ainda solteira, mas já correndo atrás de Belotti, eu saída há tempos da história com Valerio, mas ainda incapaz de enfrentar uma nova. Não sei se Gaia ficará feliz com minha última escolha, mas tenho certeza de que saberá me entender.

Deixo o Tibre para trás e atravesso a rua, bem em frente ao prédio de Leonardo. Olho para cima, as portas da sacada estão abertas: ele está em casa.

Percorro o saguão da entrada, deserto, deixando que uma corrente de ar fresco me acaricie e subo as escadas às pressas.

Aqui estou eu. Terceiro andar. Segunda porta à direita. Tiro os óculos escuros — estou um pouco suada, mas isso não será um problema para ele — e arrumo os cabelos nervosamente. Respiro fundo e toco. Depois penduro uma das mãos na bolsa a tiracolo para ter mais equilíbrio.

A porta se abre, mas não é ele que aparece. Surge uma mulher que nunca vi, uma espécie de aparição lunar. Por um instante acho que errei o andar, mas na plaquinha da campainha está escrito FERRANTE, portanto, não, estou diante da porta certa. E então quem é essa mulher?

Poderia ser a *Femme fatale* do Velvet Underground: alta, curvilínea, olhos escuros penetrantes, levemente amendoados e rodeados por olheiras, sobrancelhas grossas, rosto fundo e lábios definidos. Os cabelos pretos e compridos, despenteados com habilidade, estão presos com uma fivela de osso. Sua beleza é imponente e selvagem, mas logo se pode perceber que há algo de desesperado nela, algo que a torna trágica. Uma mulher que não conseguiu se salvar de si mesma.

Usa uma saia comprida de cigana e um top branco sem alças, amarrado atrás do pescoço, que faz sua pele parecer ainda mais escura. Entre os dedos indicador e médio da mão direita segura um cigarro aceso, o qual aspira de um jeito neurótico, espalhando no ar um cheiro intenso de tabaco. No dedo anelar da mão esquerda noto uma aliança de ouro amarelo. Certamente não é a faxineira, é meu primeiro pensamento. E, muito menos, uma mulher que surgiu aqui por acaso.

Das caixas do aparelho de som chega um canto gregoriano tipo *Dies Irae,* que aumenta bastante minha curiosidade e minha ansiedade.

A mulher levanta as sobrancelhas e me observa com ar interrogativo sem dizer nada, esperando que seja eu a primeira a falar. A ruga que se forma em sua testa a torna ainda mais intrigante.

— Bom dia. — Engulo. — Estou procurando Leonardo. — Sinto-me desconfortável como se tivesse entrado nua numa igreja. Sei que não estou fazendo nada de mal, mas tenho a clara sensação de estar no lugar errado no momento errado.

— Leonardo não está em casa agora. — Sua voz é rouca e tem um sotaque siciliano muito acentuado. O telefone que toca dentro da casa faz com que se vire. — Me dê licença um instante — diz, e se afasta para ir atender, deixando a porta escancarada.

No momento em que me dá as costas, vejo algo que corta minha respiração. Nas costas nuas está a mesma tatuagem que Leonardo tem entre as escápulas, aquele símbolo estranho em forma de âncora, mas que talvez não seja uma âncora... Estou quase passando mal.

— Alô? — diz a mulher, levantando o fone. — Aqui é Lucrezia, exatamente. — Pausa. — Ah, oi, Antonio... — O sócio de Leonardo. Pelo tom dela, se diria que o conhece bem. — Sim, cheguei ontem...

Lucrezia. Olho de novo suas costas, que traz gravada uma verdade claríssima, uma verdade que eu nunca tinha considerado e que, agora, por alguma estranha razão, me parece quase óbvia. Lucrezia é a explicação de tudo, é a peça que faltava, que procurei desde que comecei a me apaixonar por Leonardo.

Eu a deixo ao telefone e vou embora sem me despedir. Corro escada abaixo, quase em transe, enquanto na minha cabeça todo o quebra-cabeça apavorante se forma. A tatuagem... Não era uma âncora! Ou, pelo menos, não apenas isso. Era um monograma, dois "L" espelhados com o mesmo lado comprido. Duas iniciais: Leonardo e Lucrezia. Leonardo tem uma esposa, só Deus sabe onde a manteve escondida até agora, e eu descobri isso assim, quase por engano, no dia em que vim colocar minha vida de volta em suas mãos.

Saio do prédio e não sei aonde ir, o pânico me invade, a cabeça roda e é como se eu sentisse o chão ceder sob os pés. Se um buraco me engolisse e eu pudesse sumir para sempre! Tenho que me apoiar a um poste para não desabar no meio da rua.

O quadro continua a tomar forma diante dos meus olhos, cada vez mais nítido, um após o outro os detalhes vêm à luz como num restauro, e o desenho formado é uma aberração.

Agora entendo por que Leonardo desaparecia durante dias na Sicília e não queria que eu ligasse para ele. Talvez escondesse Lucrezia lá. Por isso que, de vez em quando, quando falava ao telefone, ficava com aquele olhar tão estranho, trágico, e atravessado por sombras distantes. Por isso que, todas as vezes que eu mencionava aquela tatuagem, ele ficava todo tenso, erguendo entre nós um muro de silêncio, como acontecia sempre que eu tentava saber algo de sua vida particular. Mas, principalmente, por isso é que, desde o primeiro dia, ele me impôs não me apaixonar: ele já pertencia à outra.

Mas então, por quê? Por que me dizer "te amo" justo agora? Qual é o sentido? É no momento em que me angustio com essas perguntas que um estrondo fortíssimo interrompe meus pensamentos. Viro-me e o vejo. Leonardo estaciona sua Ducati em frente ao prédio e tira o capacete. Ele me viu e já entendeu tudo. Tento escapar dele andando a passos rápidos pela calçada. Não sei aonde ir. Para qualquer lugar, mas para longe daqui.

Na pressa, dou um encontrão numa mãe com uma criança no colo, mas continuo de olhos baixos sem pedir desculpas. Ele desceu da moto e está me seguindo, seus passos ressoam pela rua. Não devo me virar. Não agora.

— Elena! — grita. Repete meu nome três, quatro vezes, talvez mais.

Tapo os ouvidos com as palmas das mãos para me proteger daquela voz insistente e acelero o ritmo. Não quero vê-lo. Não quero ouvi-lo. Não quero e pronto. Sinto apenas uma necessidade desesperada de chorar, mas não vou fazer isso. Não lhe darei a satisfação de ver minhas lágrimas.

Leonardo continua a me seguir.

— Pare, Elena! — ele me diz, agarrando meu braço por trás.

— Me larga! — grito, e me solto. As pessoas na calçada estão nos olhando, como se tudo já não fosse humilhante o suficiente.

Inabalável, continuo minha marcha desesperada, o olhar fixo para a frente, os punhos fechados, prontos para o combate, o coração protegido dentro de uma armadura de ferro. Atravesso a rua, arriscando ser atropelada por um táxi. Leonardo começa a correr e de novo desaba sobre mim. Desta vez agarra meu pulso e não me deixa fugir.

— Elena, por favor, vamos conversar. — Esse pedido tem seu tom autoritário, mas também uma ponta de súplica.

— *Agora* você quer conversar? — sussurro entre os dentes, tentando me soltar dele. — Agora que descobri tudo?! — Eu queria ter dois punhais no lugar dos olhos, queria ter força suficiente para empurrá-lo para além da mureta, lá embaixo, no Tibre.

— Eu não queria que você soubesse assim.

— E quando pretendia me dizer? — Minha garganta está engasgada, mas prometi novamente a mim mesma não chorar e vou cumprir.

Leonardo levanta as mãos como se quisesse me acalmar.

— Só estou lhe pedindo para me escutar.

— Eu não quero mais escutar uma palavra sua — e faço menção de passar por ele, mas ele me detém com seu corpo. Contra minha vontade, vejo-me a um centímetro de seu peito, mergulhada em seu cheiro.

— Por favor. — Seu apelo parece desesperado e sincero. — Você vai me odiar de qualquer jeito, mas pelo menos me deixe explicar.

— O que você tem pra explicar? — pergunto, exausta, dando um passo para trás. — Tudo me parece perfeitamente claro!

— Mas você está enganada, Elena. Porque existem coisas que você não tem como saber. Coisas que eu sempre guardei pra mim e que nunca contei a ninguém. — Leonardo olha fixamente um ponto distante enquanto seu pomo de adão sobe e desce. Fico olhando-o como se estivesse hipnotizada.

De repente sou atravessada por uma nova consciência: Leonardo, agora, precisa que eu o escute, exatamente como eu preciso de suas palavras, que partirão meu coração de novo.

— Pode começar... — suspiro, enfim, cruzando os braços no peito.

Leonardo apoiou-se na mureta que dá para o rio, o olhar baixo. Parece estar procurando o fio de uma meada emaranhada demais para desenredar. Toma fôlego e então começa a falar.

— Lucrezia foi meu grande amor, há muito tempo. Eu achava que passaria a vida inteira com ela. Mas as coisas não foram como desejamos.

Sua história começa longe. Eu estou em pé, diante dele, e a única coisa que posso fazer é parar com meus pensamentos todos e ficar aqui, estática, escutando-o. Coragem, Leonardo, me conte. Quero saber tudo.

— Nós nos conhecemos no ensino médio em Messina e nos casamos aos 20 anos: nós nos amávamos e não queríamos esperar, não víamos por quê.

Bate na escápula com uma das mãos.

— Fizemos essa tatuagem pouco depois do casamento: dois "L" entrelaçados para sempre.

Sacode a cabeça e ri da própria ingenuidade.

— Éramos jovens e cheios de ilusões, até mesmo arrogantes por sermos tão felizes. E realmente fomos, por muitos anos. Então Lucrezia ficou grávida e, no sétimo mês, perdeu o bebê. Aquele trauma desengatilhou algo nela, algo que talvez sempre tivesse estado lá, mas de forma oculta. Começou a alternar momentos de depressão sombria com outros de verdadeira exaltação: às vezes ficava dias inteiros fechada dentro de casa, sem comer, em condições quase vegetativas. Depois melhorava e ficava alegre, despreocupada. Ela sempre teve um temperamento instável, por isso não me preocupei muito nos primeiros dias. Eu achava que, quando superasse a dor da perda, voltaria a ser a pessoa de antes. Mas, em vez disso, as coisas pioraram cada vez mais.

"Virou outra mulher. Não era mais a mesma: às vezes, quando eu a olhava, até seu rosto me parecia diferente. Seu coração, que antes era cheio de paixão, tinha se apagado e a cabeça não raciocinava. Eu tentava ajudá-la, mas ela me repelia. Foi então que começou a ficar obcecada com a ideia de que eu a traía e de que não a amava o suficiente. Ela me odiava, me acusava de ser a causa de todos os seus males. Um dia, durante um de seus ataques de ira, ela me feriu com uma faca. Eu não sabia o que fazer. Não estava preocupado comigo, eu a via sofrer e só queria libertá-la de toda aquela dor, mas era impotente diante de seu mal.

"No fim, ela tentou se libertar por conta própria. Um dia em que estava sozinha em casa cortou os pulsos. Eu a encontrei na banheira quase morta."

A voz falha e Leonardo para um momento para engolir. Sinto minha hostilidade desaparecer depois dessa história e, apesar de eu não querer, sua dor diminui minha raiva.

— No hospital diagnosticaram um distúrbio bipolar e me aconselharam uma clínica especializada. Eu queria levá-la de volta para casa: era minha mulher, eu a amava mais que a mim mesmo e queria tomar conta dela. Mas me disseram que se ela ficasse comigo as coisas piorariam, que isso não a ajudaria a recuperar a serenidade. Nossos parentes se ofereceram para assisti-la e sugeriram que eu fosse embora, para o meu bem também. Eu tinha ficado pele e osso e à beira de um colapso. Até mesmo o médico que começou a tratá-la me aconselhou a viajar.

"Assim, me conformei em fazer o que me diziam e me mudei da Sicília. Foi torturante, mas era a única solução possível naquele momento.

"Eu ainda não tinha 30 anos e já era um homem acabado. Sem nunca perder o contato com Lucrezia, comecei a viajar, trabalhando nas cozinhas de meio mundo como um louco, até que me estabeleci aqui em Roma, onde consegui abrir meu primeiro restaurante.

"Eu tinha sofrido tanto que achava que iria morrer, porém, pra minha grande surpresa, aos poucos comecei a renascer. Sentia-me quase culpado, no início, mas ainda não tinha entendido. A verdade é que eu nunca mais seria feliz, podia apenas experimentar um prazer puramente material, físico: o único antídoto àquela dor que eu sempre carregaria dentro de mim. Foi então que comecei a procurá-lo por toda a parte, com uma determinação clara. Era meu instinto que se impunha à sua maneira: sexo, vinho, comida, tudo o que me trazia alguma forma de satisfação se tornara meu remédio. Não pra me curar, mas pra não morrer.

"Nunca deixei de cuidar de Lucrezia, mesmo de longe. Todos me aconselharam a refazer minha vida e a pedir o divórcio, mas eu nunca pensei nisso: eu havia permanecido fiel a ela, e no meu coração sabia que nunca mais me apaixonaria. E nunca desejei que uma mulher se apaixonasse por mim.

"Depois de um ano, Lucrezia começou a melhorar e saiu da clínica. Eu podia visitá-la, mas apenas de vez em quando. Era ela que me mantinha distante. Dizia que me amava, mas que não estava pronta pra voltar comigo. Estava se tratando e ninguém podia dizer se algum dia ficaria boa. Às vezes ainda tinha suas crises, embora fossem cada vez menos frequentes. Sempre que eu conseguia, voltava a Messina pra vê-la. Não me interessava o que as pessoas diziam: se eu não pudesse tê-la, não queria nenhuma outra."

Leonardo faz uma pausa, levanta o olhar do rio e me procura. Tem uma luz preta nos olhos. Está cavando em sua alma e me mostrando o que existe lá no fundo.

— Então você chegou. Imediatamente percebi que era diferente das outras. Tão delicada que parecia que eu podia quebrá-la com um carinho, ainda assim tão forte: vi você ter medo muitas vezes, mas nunca fugir. No início você era apenas um desafio, uma brincadeira mais divertida que as outras, e, como as outras, destinada a acabar. Porém...

"Você se lembra daquele dia em Valdobbiadene?"

Inclino a cabeça, incapaz de falar. Como poderia esquecer? Cada segundo ficou gravado na minha memória: o campo no inverno, a chuva começando a cair, nós nos abrigando naquela casa rural, e os proprietários, um casal idoso, nos convidando a entrar. Sebastiano e Adele.

— Foi naquele dia que entendi. Bastou um olhar pra aquele homem ver o que eu teimava em não ver, ou seja, que eu estava me apaixonando por você. Ele disse aquilo com naturalidade, obviamente sem imaginar como repercutia dentro de mim. Eu tinha ido longe demais, a brincadeira tinha fugido do meu controle, por isso decidi que devia terminar. Você nunca poderá entender o quanto foi difícil me separar de você, mas foi a coisa mais correta a fazer. Naquele momento.

Enquanto Leonardo fala, as lembranças vêm à tona e se mostram sob uma nova luz. Agora sei que ele não me deixou porque estava cansado de mim, mas porque estava se apaixonando, e que ele também sofria.

— Mas então por que você voltou? Por que, se já estava tudo decidido? — pergunto, com raiva, impotente. Eu ainda seria inocente e ainda me iludiria que poderia ser feliz, se naquele maldito dia em seu restaurante ele não tivesse surgido de novo na minha vida.

— Porque foi mais forte do que eu. Quando a vi, fiquei paralisado por alguns segundos, depois fiz uma espécie de aposta com o destino. Coloquei aquelas sementes de romã no seu prato: se você entendesse o significado e viesse me procurar, seria um sinal, caso contrário eu deixaria você ir embora para sempre. E então aconteceu aquilo tudo... Continuei tentando me convencer de que, no fundo, eu ainda estava brincando, que era pouco mais que uma empolgação. Mas era só uma desculpa que eu repetia a mim mesmo para me sentir autorizado a procurá-la de novo. E de novo... Até aquela noite, quando percebi que já era inútil negar a mim mesmo. E a você.

A lembrança da última vez que fizemos amor nos cobre como uma sombra. Permanecemos em silêncio, embaraçados e culpados, como dois sobreviventes de uma catástrofe.

— O que eu disse a você é verdade — Leonardo declara, então. — Eu te amo. E queria que você soubesse disso, queria tentar viver essa história, recomeçar do início...

Sua voz está quase entrecortada e ele passa nervosamente a mão na bochecha e na boca, como se quisesse frear palavras que não pode mais dizer agora.

— Lucrezia chegou a Roma ontem, de surpresa. Diz que sua terapia está em um ponto de virada e que quer tentar viver junto comigo de novo. Você não sabe por quanto tempo desejei ouvir essas palavras dela. Mas agora elas têm o efeito de um balde de água fria pra mim. Mas como posso desiludi-la, depois de todo esse tempo? Ainda sou seu marido e ela precisa de mim, sou sua única esperança de recomeçar.

Eu sei. Eu entendo. Posso tentar entender, pelo menos. Mas não posso deixar de me sentir como um condenado à morte.

— Então isso é o fim — murmuro, sem quase abrir a boca.

Sinto uma lágrima escorrer pelo rosto. Pronto, estou chorando, apesar de ter prometido a mim mesma que não faria isso. Não sou boa em manter a palavra. E não posso pedir para Leonardo não manter a sua.

Ele me puxa para seus braços e me abraça tão forte que chega a machucar. Eu me abandono nele, apertando o rosto molhado em sua camisa de linho.

Justamente agora que eu sei que o amo e que ele me ama, entendo que nunca poderá ser meu. *Nunca.* E faz tão pouco tempo, quando ele estava dentro de mim, que tudo ainda me parecia possível. Agora só resta essa verdade absoluta que destrói tudo e que nos esmaga, cruel e definitiva como uma sentença de morte. Não aguento enfrentá-la. Sinto dor nos ossos e nos músculos. Cada pedacinho de pele está doendo. O coração se agita como num precipício e temo que irá parar de bater de uma hora para a outra.

Afasto-me de seu corpo e me dou conta de que esta será a última vez que nos tocamos. De agora em diante, não haverá mais nenhum contato e eu nunca mais vou experimentar a delicadíssima sensação de grudar em seu peito e afundar em seu cheiro. De agora em diante, terei que me acostumar à vida sem ele.

Eu o olho e agora ele me parece frágil. Embora a coluna esteja reta, embora esteja com os olhos secos e o rosto fechado, sei que está sofrendo. É um homem dilacerado, mas que se decidiu. E, por mais que eu queira encontrar justificativas, o que sobra é um fato: sua escolha não sou eu.

— Sinto muito, Elena.

— Não, não diga isso. — Abaixo os olhos. — Não diga mais nada.

Aconteceu tudo tão rápido que minhas emoções se amontoam e se confundem. Há apenas três dias eu era a pessoa que abandonava; e agora sou a abandonada. Uma impiedosa lei de correspondência entre crime e punição, porque o que estou vivendo agora é realmente um inferno sem esperança.

De repente sou tomada por um cansaço que vem de longe, e é tão profundo que tenho que semicerrar os olhos. Cambaleio, parece que talvez eu esteja a ponto de desmaiar por causa do calor, da dor, da falta de oxigênio e de sono. Mas não quero cair. Faço um esforço para ficar de pé e dou as costas para ele, embora, neste momento, ache que nem lembro mais como se anda. Dou um passo, depois outro e mais outro.

Sei que ele não vai fazer nada para me deter.

Adeus para sempre, Leonardo.

Você virou meu mundo de cabeça para baixo e o iluminou por um breve, magnífico, instante. Depois, de repente, a luz se apagou e tudo voltou a ficar escuro. Mais escuro que antes.

# 13

Só o café do Sant'Eustachio tem o poder de me despertar do coma no qual mergulhei há dias e que infelizmente não poupa nem minhas manhãs no trabalho.

Passa um pouco das 11; fiz uma pausa junto com Paola. Finalmente, agora que o restauro está quase pronto, consegui arrastá-la para fora daquela igreja. Esta manhã a vi bocejar pelo menos quatro vezes, e isso nunca acontecera em cinco meses. Desde que terminou com Borraccini notei nela algumas pequenas mudanças: chegou atrasada ao trabalho duas vezes, no cabelo — geralmente tratado com perfeição — começa-se a ver um pouco da raiz branca aparecendo, e, além disso, está sempre com um ar cansado e distraído de quem dorme pouco e mal. Paola, portanto, também é humana e ninguém mais que eu consegue compreender a dor que ela carrega.

No hotelzinho perto da estação Termini passo noites atormentadas que nunca acabam. Quando acordo, estou um bagaço, triste, tenho dificuldade para manter os olhos abertos e me sustentar em pé. Depois de tudo o que aconteceu, me sinto inconsolavelmente só ali, embora o recepcionista dê tudo de si para ser gentil e fazer com que eu me sinta em casa. Talvez o hotel não seja a melhor acomodação para quem acabou de terminar não um, mas dois relacionamentos. Tenho que encontrar uma saída o mais rápido possível.

Então, enquanto Paola beberica educadamente seu mocaccino, depois que eu bebi um espresso num gole só, tiro da bolsa o *Porta Portese* e pela enésima vez começo a passar os olhos nos anúncios dos aluguéis. As páginas estão todas amassadas, cheias de círculos e palavras sublinhadas com marca-texto amarelo. Já faz três dias que estudo o jornal, como se fosse um livro teórico que eu tivesse que decorar. Encontrar um lugar que atenda às minhas necessidades parece uma missão impossível. Não há nenhum apartamento que me convença: um é grande demais; o outro é pequeno demais; um custa um absurdo; o outro não tem janela no banheiro; um está em condições vergonhosas; o outro é muito na periferia.

Porém, estou convencida de uma coisa, apesar de tudo: vou ficar em Roma, mesmo depois que o restauro acabar. Voltar a Veneza seria um suicídio. Com o naufrágio dos planos de morar com Filippo, não há nada que me leve de volta à minha cidade. Ele vai se estabelecer lá sozinho, vai abrir seu escritório de arquitetura e reconstruir a vida. Eu ficarei onde estou, lambendo minhas feridas e juntando os caquinhos. Tudo muito mais triste do que eu havia imaginado, mas mais verdadeiro. E a cada dia, embora doa, tenho mais certeza de que assim é o certo.

Viro a página e bato o olho num anúncio em negrito: "Aluga-se apartamento pequeno na via delle Mura Francesi: sala de estar, cozinha espaçosa, dormitório amplo, banheiros com ducha. Reformado e com acabamento nos mínimos detalhes, ótimo também como segunda residência temporária, contrato livre. Disponibilidade imediata." Eu o marco logo. Pode ser bom.

Paola inclina-se na minha direção.

— O que está fazendo, procurando um quarto?

— Sim — respondo, com o olhar fixo no jornal.

— Por quê?

Levanto os olhos da página e dou um respiro profundo.

— Problemas com meu namorado. Terminamos e resolvi me mudar pra outro lugar. — Não quero lhe dizer mais nada por enquanto.

— Sinto muito. Eu não sabia. — Pelo olhar que ela me dá, deve ter intuído que a palavra "problemas" esconde uma dolorosa confusão de conflitos, mas Paola é uma pessoa discreta. Como não fala muito de si mesma, do mesmo jeito não faz perguntas invasivas. Se por vezes confundi seu jeito reservado com indiferença, agora eu o aprecio mais do que nunca.

— Esse parece interessante — continuo, tentando expulsar a melancolia e mudar de assunto. — Apesar de eu não fazer ideia de onde seja via delle Mura Francesi. — Eu a olho, com a esperança que me ajude, ela que conhece Roma centímetro por centímetro.

Paola, porém, inclina a cabeça para um lado, como se quisesse me estudar. Então, de repente, diz:

— Por que não vem morar comigo?

Arregalo os olhos, espantada.

— Com você?

Levanta os ombros com naturalidade e depois, como se sempre tivesse pensado nisso, solta um:

— Eu tenho lugar mesmo.

Não tenho palavras. Eu, na casa de Paola?

— Tem certeza? Não queria incomodar...

— Elena, você não me incomoda — responde, convencida. — Senão eu nem teria perguntado.

— Bem, então eu aceito. — Ainda estou desnorteada, mas sinto que posso apertar essa mão estendida que o universo está me oferecendo. Espero que seja um sinal.

— Você já pode vir esta noite — diz Paola. — Ou amanhã, quando preferir.

— Deixamos combinado pra amanhã. — Assim, na hora do almoço, posso passar no apartamento para pegar todas as minhas coisas sem correr o risco de encontrar Filippo. Geralmente ele trabalha no escritório de via Giulia nas quartas-feiras, mas hoje deve estar no canteiro de obras, a dois passos de casa. Fazer as malas na presença dele seria realmente doloroso, e eu gostaria de evitar isso. Vou me conformar em passar outra noite no hotel, mas será a última.

— Tudo bem — conclui Paola. — Então vou me organizar e arrumar o quarto para você.

— Não, não precisa, obrigada. Deixa que eu faço tudo amanhã. — Depois acrescento rapidamente: — É claro que vou pagar aluguel. Acho melhor esclarecer isso logo.

— Falaremos sobre isso depois... Não pense nisso agora. Vamos dividir as despesas. Mas o apartamento é meu. Ou melhor, era dos meus pais, depois eu me dei ao trabalho de reformá-lo. — Paola me olha nos olhos, como faria uma irmã mais velha. — Vamos nos dar bem, Elena. Você vai ver... E, depois, um pouco de companhia vai me fazer bem também!

— Dois corações partidos na mesma casa. Vamos ter que nos consolar... — Esboço um sorriso.

— E pros momentos mais complicados, pode ficar tranquila: sei fazer uma torta fantástica, de chocolate com recheio de geleia de damasco: o antidepressivo mais calórico e eficaz do mundo! — Pisca para mim, depois olha o relógio do bar. — Está tardíssimo! — exclama. — Vamos, temos que voltar para a igreja, o dever nos chama.

Embora ultimamente tenha fraquejado um pouco, no fundo, no fundo, continua sendo a Paola de sempre. Levanto e a sigo, deixando sobre a mesinha o *Porta Portese* aberto na metade. Porque agora não preciso mais dele.

No dia seguinte já estou instalada na minha casa nova. O apartamento de Paola é lindo. Não é enorme, mas a localização é realmente invejável: tem dois quartos, um banheiro com duas pias e uma ampla sala de estar que dá para o Campo de' Fiori. Parece mesmo a casa de quem convive com a arte todos os dias: as paredes coloridas, os livros de pintura, os pincéis e as limas espalhados por toda a parte. E, além disso, há gatos em todo o lugar, de todos os formatos, dimensões e materiais: almofadas, pesos de papel, sabonetes, cinzeiros, xícaras, pratos. Ela tem até a cafeteira moka em forma de gato.

Quando pergunto a origem dessa paixão, Paola me conta que a mãe, agora muito velhinha, antigamente cuidava dos gatos vira-latas.

— Em Roma existem milhares, talvez mais que em qualquer outra cidade — explica. — Se você for ao largo Argentina, verá um em cima do outro, brigando pelo espaço das ruínas arqueológicas, miando como loucos. São animais muito inteligentes e não é verdade que sejam arredios e pouco carinhosos. Basta saber lidar com eles.

— Bem, um pouco como os seres humanos. — Pisco o olho.

— É mesmo. — No rosto dela um sorriso se desenha. — Está quase na hora do jantar. Está com fome?

— Até que estou. Apesar de ainda ter que desfazer as malas e as caixas. — Só de pensar nisso já começo a suar.

— Podemos cuidar disso depois. Eu também dou uma mão. — Da bancada da cozinha pega um pacote de espaguetes daqueles bons, que retêm melhor o tempero, e o balança diante dos meus olhos. — Quer um macarrão *à matriciana*?

— Claro! — exclamo. — Tenho vergonha de dizer, mas em todos esses meses em Roma ainda não provei esse molho!

— Então precisamos resolver isso agora mesmo, até porque é outra das minhas especialidades.

Paola abre a geladeira e faz menção de pegar algo.

— Não! Estou sem *guanciale*. — Uma expressão contrariada logo aparece em seu rosto. — Eu tinha certeza de que ainda tinha...

Arregalo os olhos.

— E o que seria esse *guanciale*?

Paola, vendo minha expressão interrogativa de verdadeira veneziana também na cozinha, explode em uma gargalhada sonora.

— Tipo bacon.

— Ah, a *pancetta*? —rebato.

— Não, não exatamente — diz ela. — Parecem iguais, mas são diferentes, e para fazer o molho *à matriciana* é necessário o *guanciale*.

Leonardo com certeza saberia isso, penso. E, um instante depois, me arrependo. Ele se materializa imediatamente no ambiente. Mas expulso a aparição com um movimento de cabeça, como um sonho ruim.

Paola vai à janela da sala de estar e olha para baixo.

— Que bom, ainda está aberta! Vou à mercearia ali embaixo um minutinho.

— Acompanho você.

Vou atrás dela. Devo sair de qualquer jeito dessa cozinha já infestada, esperando que, quando eu voltar, Leonardo não esteja mais lá.

O espaguete *à matriciana* de Paola é uma delícia. Minha garganta está ardendo por causa da pimenta malagueta e meu fígado já em ebulição por causa do bacon, mas esse prato de massa tem o sabor forte da amizade e é o que importa. Agradecer a ela seria pouco. Abrimos uma garrafa de Cesanese e ficamos à vontade, de chinelos, camiseta regata e bermudas. Parece que estamos de férias na praia, o ar quente e cheiroso da cozinha, a música de Aretha Franklin ao fundo, o desejo de leveza e liberdade. A melancolia deixa na boca um gosto mais doce se for engolida junto com uma taça de vinho.

O espaço para as confidências, minuto após minuto, aumenta ao nosso redor: não faz mais sentido guardar as coisas, agora. Falamos e nos escutamos alternadamente, como duas amigas de longa data. Conversar me parece muito natural, quando descubro que do outro lado existe alguém que me ouve sem julgar. Com Paola é assim, por isso lhe revelo tudo sobre mim, incluindo os últimos meses de puro caos. Não posso dizer que falar disso me alivia, ainda não, mas é um jeito de me aproximar dela e lhe oferecer uma perspectiva para compreender meu estado de espírito.

Depois do jantar, desfaço as malas e as caixas no meu novo quarto. É um cômodo grande com uma cama de casal e um closet. A janela dá para uma pequena sacada entulhada de plantas de todos os tipos, outra paixão de Paola. Olho ao redor e desejo que estas quatro paredes saibam me acolher e me proteger. Porque os dias que virão serão duros. Mas já estou escolada. E me sinto preparada para enfrentá-los.

Não consegui pegar tudo do apartamento, até porque não quis ficar remexendo demais. Paola foi comigo para me dar uma ajuda e, principalmente, apoio psicológico. Tentei ser super-rápida, me movimentando quase sem respirar. Enchemos duas malas e três caixas grandes, amontoamos tudo em seu velho carro Punto e fomos embora correndo, como se tivéssemos assaltado um banco. Nunca teria conseguido sem ela.

— O que acha, esvazio uma caixa? — pergunta, vendo-me debruçada sobre o tapete diante da cama no meio de roupas, sapatos, livros e CDs.

— Você me faria um grande favor. — Indico a caixa grande com o nome dos biscoitos Oro Saiwa. — Naquela lá só tem livros. Se quiser tirá-los... Só pra não deixá-los ali, me dá pena.

— Tudo bem. Vou colocá-los nessa prateleira.

— Obrigada — digo, e volto ao closet com dois cabides de roupas.

— Vem cá, mas é esse o pedaço de homem que você deixou? — pergunta Paola de repente, enquanto sua cabeça reaparece da caixa.

Viro-me e vejo que está segurando a foto onde estamos eu e Filippo abraçados, com as colinas da Toscana ao fundo. Nosso último fim de semana romântico. Para ser sincera, eu a trouxe apenas por causa do porta-retratos, um presente do meu pai: ele o fizera para mim, e não queria deixá-lo para Filippo.

— Sim, é ele. — Concordo, chegando perto dela.

— Então você deve estar louca mesmo. — Sorri, virando para a foto com uma olhadinha maliciosa.

— Pois é... Mas não é culpa minha, é que alguém me fez perder a cabeça...

Olho a foto novamente e penso que deveria tirá-la daquele porta-retratos e quem sabe substituí-la por outra coisa. Mas ainda não sei pelo quê.

Paola também está concentrada, pensando.

— Sabe o que eu acho, Elena? O pior de tudo é sermos sábios e equilibrados a vida inteira. Antes de conhecer Gabriella, eu nunca tinha me apaixonado de verdade, nunca tinha perdido a cabeça por ninguém. Agora estou mal, mas sei que sem ela esses últimos anos não teriam sido tão bons. De certo modo sou grata a ela.

Fico em silêncio por um momento, avaliando suas palavras.

— Esse é realmente um jeito muito zen de ver as coisas, Paola, mas acho que ainda não estou pronta. — Mordo um lábio. — Está doendo muito, agora.

— Então precisamos recorrer à artilharia pesada! — Ela me olha, séria, como se estivesse decidindo soltar uma bomba atômica. — Fazemos a torta?

— Eu topo! — aprovo, solene.

Largamos as caixas metade vazias e marchamos em direção à cozinha, decididas a conquistar nossa parte de felicidade calórica e nutritiva.

Enquanto esperamos a torta assar, pinto os cabelos de Paola, que finalmente resolveu eliminar as raízes brancas e, depois, enquanto a tinta está descansando, comemos nossa torta. Eficiência e perfeito senso de oportunidade: somos verdadeiras soldadas com a cara lambuzada de chocolate.

Percebo que estou sorrindo pela primeira vez em cinco dias, e é engraçado que uma coisa tão simples faça voltar um pouco do meu bom humor. Porque são as coisas simples que nos dão serenidade. E, agora, eu tenho que buscar a serenidade.

* * *

Está amanhecendo e é a segunda vez que acordo na casa de Paola. Durmo bem nesta cama, aqui é silencioso, pelo menos até de manhã cedo. Tive sonhos confusos, mas não angustiantes, e na hora de me levantar por um instante achei que estava no velho quartinho na casa dos meus pais, aquele com as paredes cor-de-rosa.

Um raio de sol entra pelas frestas da janela e bate na mesinha de cabeceira. Não tenho vontade de sair da cama, estou tão bem aqui, mas esta manhã o trabalho também me chama. E, pelo que parece, não é o único. Meu iPhone está tocando e com certeza não é o som do despertador. Estico o braço e o pego. É Gaia. Nos últimos dias contei a ela tudo por telefone: de Filippo, de Leonardo, de Lucrezia e também da minha mudança para a casa de Paola. Gastei quinhentos minutos de telefonemas e soluços. Então, ela começou a me ligar pelo menos uma vez por dia para ter certeza de que eu estou bem.

— Alô?

— Bom dia! — Sua voz é tão vibrante que tenho que afastar o telefone do ouvido.

— Gaia, isso é hora de ligar? — resmungo, ainda em coma.

— Eu sei que você estava pra acordar mesmo.

— Exatamente, *estava* — enfatizo. Sento-me, alisando os lençóis à minha volta. — Mas por que você está de pé assim tão cedo?

— A essa hora em Nápoles não há nada para se fazer. — Ri. — É que Samuel coloca o despertador pras seis pra ir treinar e faz uma confusão danada. Eu já tinha perdido o sono.

— Que vida dura...

— Vou virar santa.

— Eu estava falando dele, sua boba — digo, sorrindo.

Ela ri ainda mais alto.

— Então, vem me visitar em Ferragosto? — pergunto, esperançosa. — Você tem que vir de qualquer jeito, preciso te ver! — continuo, de um fôlego só.

— Claro que vou. Está fora de cogitação deixar você sozinha num momento desses.

— Já falei com Paola. Você pode dormir comigo na cama de casal.

— E quem dorme em Ferragosto? — rebate ela.

Contar com Gaia ao meu lado é realmente uma garantia contra qualquer tristeza.

— Mas você vai deixar Belotti sozinho? — Por um instante eu tinha esquecido do ciclista.

— Não tem problema, no dia seguinte ele tem uma corrida — diz, sem sombra de preocupação. — E, quando está competindo, janta às sete em ponto e vai pra cama que nem os velhos.

— Bem, aqui você não vai ficar entediada. Não vejo a hora de atazanar você com meus dramas e minhas crises existenciais — proclamo, com uma alegria completamente irracional.

— Perfeito. Eu também tenho novidades.

— Devo começar a me preocupar? Ai, meu Deus, não me diga que está grávida?

— Esquece isso... Nós transamos tão pouco que só poderia ser filho do Espírito Santo!

— Mas então o que é? — Já estou morrendo de curiosidade.

— Shhh! Amanhã te conto. Mas saiba que é uma *coisa boa.*

— Está bem. Tchau, cretina.

— Tchau.

Ela sabe que agora só preciso de boas notícias e tenho certeza de que não vai me decepcionar.

No dia seguinte, eu e Paola levamos a manhã toda arrumando o apartamento. Depois ela sai para ir visitar sua mãe, que mora no interior, já eu perambulo por Roma, esperando minha amiga. Os momentos em que estou sozinha são os mais difíceis, porque o pensamento demora só um segundo para ir onde não deveria. Passou-se tão pouco tempo desde aquela noite louca, mas tenho que me esforçar para esquecer e compreender que já se passou um ano e que tudo está melhorando.

O sol de Roma me ajuda. Esta cidade, deixando de lado as lembranças, faz com que eu me sinta bem: todos os dias descubro algo novo, uma coluna antiga que brota como um cogumelo do asfalto ou uma estátua que nunca tinha notado e que surge de repente no meio de uma praça. Sou feliz por estar aqui.

Gaia não demora. Chega de táxi por volta das seis da tarde. Paola ainda não voltou, mas subo com minha amiga ao apartamento. Ela, como sempre, está maravilhosa. E desde que começou a namorar Belotti está ainda mais, tenho que admitir. Até abandonou o salto 12!

Mostro a casa para ela. Gaia imediatamente solta gritinhos vendo a invasão dos gatos: ela também os adora. Pega no colo um peso de porta de pedra com os olhos azuis fluorescentes e começa a niná-lo como se estivesse vivo: tudo bem, agora ela está exagerando um pouco. Nós nos sentamos na minha cama. Na verdade, porém, vendo daqui ele parece mesmo um gatinho.

— Então, qual é essa novidade que você tinha pra me contar? — cutuco seu quadril com um dedo.

— Curiosa, você, hein!

— Preocupada, isso sim.

— Tenho que dizer mesmo?

— Não sei, se quiser me deixar na expectativa mais um pouco... — Eu a odeio quando faz mistério. — Mas eu já sei que tem a ver com Belotti.

Ela concorda, exibindo um sorrisinho satisfeito nos lábios.

— Belotti, como você diz, me pediu em casamento.

— Meu Deus, Gaia! Parabéns! — Eu a abraço forte. Estou feliz demais por ela. Então, a dúvida: ela é capaz de tudo. — Você aceitou, espero.

— E precisa me perguntar isso? Óbvio! Não pensei duas vezes.

— E o anel? — pergunto, examinando sua mão esquerda.

— Nada de anel. Samuel diz que o anel antes das alianças dá azar. — Gaia encolhe os ombros. — E acho que ele tem razão. É só pensar no fim que o de Brandolini levou.

— Pois é, que fim levou? — Penso no pior, tipo um mergulho no Grande Canal.

— Nunca tive coragem de devolver. Dei pra uma prima.

Bem, não é tão ruim quanto eu pensava.

— Não posso acreditar que você vai se casar com um homem que nunca vi pessoalmente! — Volto ao assunto.

— Temos todo o tempo do mundo, Ele. Você vai conhecê-lo, fique tranquila.

— Espero que seja antes do casório. Já marcaram a data?

— Estamos pensando no ano que vem, na primavera, mas ainda está cedo para decidir o dia. De todo modo, saiba que você vai ser minha dama de honra!

— Combinado! — eu garanto, enquanto faço as contas com medo de quantos meses me restam para encontrar o vestido certo. — De que cor devo me vestir? — pergunto, já em pânico.

— Ei, espere! Antes temos que escolher o meu. Pelo menos uma vez eu também vou precisar de uma *personal shopper*!

Abro os braços.

— Vem cá.

Gaia desaba sobre meu ombro como uma menina. Eu a amo como uma irmã. E sua felicidade é um pouco minha também.

* * *

Paola volta às nove com três embalagens de pizza fumegantes. Depois das apresentações habituais, nós nos sentamos de pernas cruzadas no tapete da sala, entre almofadas em forma de gato e as duas luminárias de sal onde se reflete o azul-escuro do céu do lado de fora. Comemos com as mãos, sem pratos e nem toalha de mesa, enquanto das caixas do aparelho de som ressoa a voz de Gianna Nannini, a ídola de Paola.

Então, com as pizzas já devoradas, Paola pega de surpresa na adega uma garrafa de Principe Pallavicini de 2006.

— Para as ocasiões especiais — diz. — Mas não vamos beber aqui. Me sigam.

Saímos para o corredor de fora e subimos até o último andar. Ou, pelo menos, até aquilo que parece o último andar... Ali, Paola abre uma pequena porta e nos leva para cima por uma impenetrável escada em forma de caracol. No final da escada, há outra portinha e, como num passe de mágica, estamos sobre o telhado do prédio.

Daqui de cima dominamos Roma inteira. Campo de' Fiori está abaixo de nós, e, lá ao fundo, na altura das nossas cabeças, surgem as cúpulas das igrejas e os edifícios iluminados. É como estar num balão, tenho vontade de abrir os braços e voar. É extraordinário estar aqui, agora, com elas duas: é mesmo verdade que as coisas são ainda mais bonitas quando compartilhamos com as pessoas que amamos.

Paola abre o vinho e o coloca nas taças.

— À vida — diz.

— Ao amor — Gaia faz eco.

— Às amigas! — eu respondo.

Um concerto de acordeões sobe da praça, enquanto os primeiros fogos de artifício começam a aparecer no céu, iluminando-o de centelhas coloridas.

— Esperem. — Paola coloca a taça no chão. — Vou pegar uma coisa — e escapa para dentro do prédio.

Eu e Gaia nos olhamos curiosas.

Pouco depois ela volta ao terraço com uma Polaroid.

— Temos que imortalizar esse momento.

Nós três nos encostamos no parapeito. Eu, Paola e Gaia. Embora minha vida esteja sem rumo, embora não exista mais Leonardo, não exista mais Filippo, não exista mais o amor, esta noite estou bem aqui com elas. Sinto vontade de ter esperanças novamente.

A música está cada vez mais alta e eu não estou mais triste.

Paola mira a câmera para nós.

— Prontas?

O flash começa a piscar. Sorrimos juntas, nos abraçando, e é um sorriso verdadeiro, não uma pose.

Um fogo explode no céu. A Polaroid nos devolve a foto: somos nós, nossas felicidades, nossos futuros que ainda serão escritos.

Agora, finalmente, sei o que colocar naquele porta-retratos que ficou vazio.

# Agradecimento

a Celestina, minha mãe.

a Carlo, meu pai.

a Manuel, meu irmão.

a Caterina, Michele, Stefano, faróis de dia e de noite.

a Silvia, guia preciosa, e às pessoas maravilhosas que tive a sorte de encontrar domingo, 10 de fevereiro de 2013.

a toda Rizzoli, do térreo ao último andar.

a Laura, Elena e Al, presenças importantes.

a todos os amigos, incondicionalmente.

a Vittoria e Sante (vocês estão sempre no meu coração!).

a Filippo P. e ao silêncio que preenche.

a Roma.

ao destino.

Impressão e Acabamento:
Geográfica editora